Monica Cantieni

Grünschnabel

Roman

Schöffling & Co.

Die Autorin dankt der Schweizer Kulturstiftung Pro Helvetia, dem Aargauer Kuratorium, der Marianne und Curt Dienemann-Stiftung, Luzern, und der Gemeinde Wettingen.

Zweite Auflage 2011

Satz: Reinhard Amann, Aichstetten
Druck & Bindung: Pustet, Regensburg
ISBN 978-3-89561-345-6

www.schoeffling.de
www.monica-cantieni.net

Grünschnabel

MEIN VATER HAT MICH für 365.– Franken von der Stadt gekauft. Das ist viel Geld für ein Kind, das keine Augen im Kopf hat. Ich habe das die Eltern möglichst lange nicht wissen lassen. Es ist nicht gut, schon in der Tür alle Hoffnungen zu zerstören, wenn man Tochter werden soll. Das hat uns die Chefin eingebläut. Bei ihr können wir nicht bleiben. Wir sind zu viele, müssen unter die Leute. Solche mit schönen Augen gehen gut, die mit dichtem Haar und guten Zähnen. Wir müssen aber auch etwas im Kopf haben. Er ist das wichtigste Organ. Er kann einen Arm ersetzen.

Nicht alle Menschen sind gleich. Bei den Eltern ist das wichtigste Organ die Geduld.

Als ich abgeholt wurde und vor dem Zaun die frischen Eltern warteten, nervöser als der Hund der Chefin, beugte sie sich zu mir runter und flüsterte:

– Du wirst jetzt Tochter. Von dort ist es nicht mehr weit bis ins Leben.

Sie fuhren mich mit meinem neuen Koffer in ihre Wohnung. Sie hatten mich schon zur Probe gehabt wie später die Couchgarnitur mit dem gelben Plüschbezug, an der sie fast so lange abzahlten wie an mir. Ich war froh darüber, dass sie sich gleich für mich entschlossen, nachdem sie es mit mir versucht hatten, und dass sie erst mit den Couchgarnituren wählerisch wurden. Zweimal ließen sie eine zurückgehen. Einmal wegen der Farbe und einmal wegen des Komforts.

Sie sah während der Fahrt zum Fenster hinaus und rauchte eine Zigarette nach der anderen. Nur manchmal drehte sie sich nach mir um und lächelte verlegen, fragte, ob mir der Wackeldackel auf der Ablage gefällt.

Ganz im Gegensatz dazu fragte er mir Löcher in den Bauch, wie dies heißt und das, ob ich das kenne oder jenes. Ich tat, als würde ich schlafen.

Er wollte mir auf den Zahn fühlen. Sie wollen immer herausfinden, ob sie das große Los gezogen haben oder eine Niete.

– Das lässt sich nicht verhindern, hatte die Chefin gesagt, als ich nach drei Wochen von Leuten zurückkam, die ein Kind gebraucht hätten.

Sie hatten mich eine Straße früher abgesetzt. Sie hatten es eilig gehabt, kein Kind mehr zu haben, ich hatte ihnen einen solchen Schrecken eingejagt. Die Chefin kratzte mir die Salzränder von den Wangen.

– Ein Kind ist eine Anschaffung fürs Leben.

Ob die hier das wussten? Ich machte ein Auge auf, schielte auf die Vordersitze, wo sie saßen. Sie rauchend, er den Griff des Lenkrades knetend. Ich machte das Auge wieder zu.

Er sagte leise:

– Sie hat ja keine Ahnung von Sprache.

– Sie kennt doch die Welt noch nicht, antwortete sie.

Die Chefin hatte auf Sprache keinen Wert gelegt, sie bekam davon Kopfschmerzen. Ich war an Wörtern knapp. Aber daran sind die Augen schuld, sie sehen schlecht. Meine neuen Eltern waren deshalb beunruhigt. Sie brachten mich zum Arzt, um mich durchleuchten zu lassen, ob das Gehirn da ist: In etwa sagte der Arzt, dass, wenn man nicht geboren wird wie ich, sondern durch die Tür in eine Familie kommt, sich Entwicklungen eben hinziehen können. Das wollten sie nicht wahrhaben.

Er zeigte in den Himmel. Das Blau war mit Lärm gefüllt.

– Da, schau, ein Flugzeug.

Ich kniff die Augen zusammen, schaute auf seinen Zeigefinger und begann zu schwitzen. Ich bückte mich, zog den Schnürsenkel auf und versuchte, ihn neu zu binden, er rutschte mir aus den Fingern, ich verknotete ihn.

– Siehst du es nicht?

Ich verknotete den Schnürsenkel doppelt.

– Es ist gut, sagte er. Komm.

Ich ging hinter ihm ins Haus zurück. Wir hatten vorhin in seinem ganzen Stolz gestanden. Der Garten war nicht größer als die Küchenschürze von der dicken Köchin Helene, aber wegen dem grünen Daumen meines Vaters und der Kuhscheiße wuchs das Gemüse, als müsste es den Abendzug nach Paris kriegen.

Er setzte sich aufs Sofa und klopfte neben sich aufs Polster. Einen Arm um mich gelegt, schlug er einen Flughafenprospekt auf.

– Was meinst du, was ist das?

– Papier.

Am Samstag packte er mich in den Toyota und fuhr mit mir zum Flughafen, damit ich ein *Flugzeug* sehen konnte.

Wir fuhren oft los, um Wörter aufzutreiben. Sie fuhr auch mit, aber sie langweilte sich dabei, weil sie alle Wörter schon kannte. Sie rauchte im Auto, bis der Qualm zum Schneiden dick war. Dann kurbelte er das Fenster herunter, und sie zog die Kaninchenfelljacke an. Sie hatte auch immer eine Plastikhaube dabei. Er trug nicht gern Plastikhauben. Er mochte den Regen. Er mochte es, den Regen im Gesicht zu spüren, verschenkte am Laufmeter Wörter dazu:

– Beim Autofahren schieß ich Wörter mit links, wir sammeln alle ein. *Frühlingsregen, Gewitterregen, Sprühregen. Geschmolzenen Schnee. Nebel.* Wir nehmen alle mit nach Hause. *Wind! Morgenwind, Abendwind, Schneewind.* Und der hier: Wind, der in keinem Baum zu sehen ist, bloß zu spüren, wenn du die Hand bis zum Ellenbogen aus dem Fenster hängen lässt. Versuch es.

Ich griff aus dem Fenster, und er gab Gas. Sie schüttelte den Kopf.

– Vorsicht, der Gegenverkehr!

– Wo denn?, lachte er.

Manchmal fuhr er an den Straßenrand und schrieb mir ein Wort auf. Er fuhr oft an den Straßenrand und schrieb das Wort auf einen Streichholzbrief, auf einen Briefumschlag, auf einen Kassenzettel, eine leere Zigarettenpackung, und wenn er nichts dergleichen fand, musste ich die Hand ausstrecken, er schrieb es auf die Innenfläche und buchstabierte es. Ich behielt das Wort in der Hand, ich behielt es im Ohr, und zu Hause schnitt ich jedes einzelne aus, malte es von der Hand ab und sortierte alle in Streichholzschachteln. Er beschriftete sie. So konnten sie nicht verloren gehen. Er bewahrte sie in Büchern auf: *Die Eisenbahnen der Welt*, *Die kalte Küche*, *Die 7 Weltmeere*, *Wildtiere im Kongo* und *Edelsteine* und Romane, manche in zwei Sprachen. Die zweite sprach er selten. Nur wenn er sich mit dem Hammer auf den Daumen geschlagen hatte und wenn wir in die Berge fuhren und von dort in ein Tal. Zu Tat, der überall sonst Großvater hieß oder Nonno.

– Diamanten waren mal Holz, stell dir vor. So gesehen, sagte er, verheizen wir unser *Kapital*.

Später legte ich KAPITAL in eine Streichholzschachtel, in eine andere als FLUGZEUG.

– KAPITAL, hatte mein Vater gesagt, leg in SPÄTER, FLUGZEUG ZU JETZT. WIND und REGEN leg in IMMER.

– IMMER ist wann?

Bei IMMER riss ihr der Geduldsfaden. Sie warf die Zigarette aus dem Fenster und schrie ihn an, dass man auch für die Muttersprache nicht so viel Benzin verbrauchen muss. Er fuhr wieder an den Straßenrand und knetete das Lenkrad.

– Und? Hast du eine bessere Idee?

– Kauf ihr eine Brille, Herrgott.

Die Chefin hatte gesagt, dass Mütter naturgemäß näher an der Praxis sind, auch wenn sie mit der dann nicht zurechtkommen und sie im Heim abgeben. Aber sie haben sich immerhin neun Monate damit herumgeschlagen.

Wir wohnten etwas ausserhalb der Stadt, direkt an der Straße. Die Häuser waren so schlecht wie die Zähne meines Vaters, und ein Fahrstuhl kam für den Vermieter nicht in Frage. Er sagte, er ist nicht Mutter Teresa, und meine Mutter maulte, dass das Haus nur noch vom Putz zusammengehalten wird und von der Geldnot der Bewohner. Aber es war billig, dort zu wohnen, und aufs Billige waren wir angewiesen, weil mein Vater ein Trottel war und kein guter Geschäftsmann. Das hatte weder meine Mutter noch der Rest der Verwandtschaft gleich gemerkt. Vielleicht waren auch sie durch die Tür in eine Familie gekommen, und da konnten sich Entwicklungen eben hinziehen.

Mein erster Geburtstag im Haushalt fiel mit einem Todesfall aus dem Erdgeschoss zusammen. Der Tod hatte die Nachbarin geholt. Vorsichtshalber versteckte ich mich, um ihm nicht auch begegnen zu müssen. Die dicke Köchin Helene hatte gewarnt davor, dass der einem über den Weg laufen kann und man danach nicht mehr dieselbe ist.

– Nichts findet man mehr, hatte sie gesagt, nicht mal mehr den eigenen Namen.

Meine Mutter klaubte mich im Morgengrauen unter dem Bett hervor und sagte:

– Komm mit, es ist nichts dabei. Sie hat ihn erwartet. *Pietät:* Das ist jetzt das Wichtigste.

– Was ist das?

– Die Ruhe bewahren.

Im Käfig schaukelte der Vogel der Nachbarin und sang, so laut er konnte. Mein Vater nickte mir zu.

– Wo warst du denn?

Er schaukelte auf einem Stuhl vor der Nachbarin, die klein und ein bisschen geschrumpft in ihrem Sessel saß, ein aufgeschlagenes Buch auf dem Schoß. Er wischte sich Tränen vom Gesicht.

– Seite zweiundfünfzig.

– Was?

– Bis Seite zweiundfünfzig ist sie gekommen. – Morgen hätten wir die Via Mala gemacht.

– Wie denn?

– Wenigstens mit dem Feldstecher.

Zu gern hätte er die Nachbarin ins Grüne gefahren. Einmal im Monat machte er das, seit ihre Beine den Geist aufgegeben hatten. Ich fuhr jedes Mal mit, denn die Nachbarin buk einen grandiosen Kuchen, den sie Strudel nannte, über den er während jeder Fahrt alles wissen wollte, über den Teig, über die Äpfel und die Kirschen oder den Mohn darin, über den Quark, den sie Topfen nannte, während mir schlecht war von den drei Portionen und von ihrem Haarlack, den meine Mutter auch verwendete. Sie türmte ihr Haar auf wie sie, sie verwendete dasselbe Kölnischwasser, und sie waren sich darüber einig, mit welchem Waschpulver man diese Blusen und jene Röcke waschen musste, nur dass die Nachbarin eine Vorliebe für Blusen hatte, die meine Mutter nicht einmal mit Sonnenbrille ertrug.

Sie beugte sich über den Sessel, in dem die Nachbarin saß.

– Mach doch Licht.

Er zog die Gardinen auf, öffnete die Fenster. Wir blinzelten in die Sonne und sie sagte:

– Mein Gott, was für eine Farbe. Und erst dieses Muster: nicht zu fassen.

Für mich gab es nichts zu tun. Während meine Mutter die Nachbarin wusch, fiel ich fast vom Stuhl, weil ich mich an die Sonne anlehnte. Sie ließ den Staub schweben, sie guckte in die Spiegel und rückte herum, was auf dem Boden lag: den Schatten des Fensterkreuzes, den der Stühle, den einer großen Vase, eines Bücherstapels. Sie sah in die Ecken und sogar unter den Sessel, und als sie genug gesehen hatte, verschwand sie aus dem Fenster. Ich blinzelte, mein Vater schaute mir ins Gesicht.

– Na, ausgeschlafen? Sich unter dem Bett zu verkriechen – es ist halb so wild. Nimm ihn mit.

Er deutete auf den Vogel

– Füttere ihn. Er gehört jetzt dir. Wenn die Verwandten anrufen, sag ihnen, dass für alles gesorgt ist.

Die Verwandtschaft der Nachbarin kam von weit her. Sie war schon unterwegs.

Sie telefonierte weinend von zu Hause, sie telefonierte von einer Zelle aus, von einer nächsten. An einer Autobahnraststätte schluchzte sie in den Hörer, schnäuzte sich, und jemand schrie, fragt, hier raus oder bei der nächsten. Es klingelte ununterbrochen, und ich musste mich wiederholen. Sie riefen an, um zu erfahren, wie es der Nachbarin ging, und ich sagte ihnen allen, dass sie tot ist und alles voller Pietät, meine Mutter sie wäscht und mein Vater kocht, so sicher wie das Amen in der Kirche und so gut wie im Himmel.

– Wir fahren wie der Teufel, sagten sie.

Sie haben nicht viel Zeit. Die Nachbarin will Asche werden. Sie muss in einer Dose unter die Erde.

Vorhänge wurden zurückgezogen, die Leute legten sich auf Kissen ins Fenster, kratzten sich am Kopf, grüßten die, die vor dem Haus stehen blieben, den Kopf schüttelten wegen der Autos, die mit röhrenden Auspuffen in die Straße bogen und sich auf den Bordstein stellten. Bei der Ankunft Hupen, Motorengeheul und Türenknallen. Dann das Fluchen, Weinen, das Rascheln von Papier im Flur. Meiner Mutter war zum Heulen zumute. Aber was sollte sie machen? Die kamen von weit her, hatten Lilien mitgebracht, Wein, knirschende Gladiolensträuße, die sie in den Händen drehten, bis die ersten Blüten abfielen und meine Mutter sagte: Kommt herein.

Neben meinem Bett stapelte sich mein Geburtstagsgeschenk: das dickste Lexikon in fünfzehn Bänden. Auf dem Band A bis BAU sprudelten Zähne in einem Glas. Ich schlief nicht allein. Bei mir lagen zwei Schwestern der Nachbarin. Eine links und eine rechts. Sie waren so breit, dass das Bett quietschte, wenn sie Luft holten. Im Flur lagen Onkel und Söhne, im Wohnzimmer weitere Verwandte; ein Menschenteppich in Socken und Mänteln, die Hüte ins Gesicht geschoben. Die Gladiolen standen in Putzeimern, und im Flur stapelten sich Kränze wie Autoreifen. Lilienduft stand in den Räumen, klebte im Gaumen, ließ sich nicht vertreiben, süß und schwer wie die beiden Tanten, die schnarchten. Das Zahnglas zischte, und das Bett knurrte. Mich hatten die beiden vergessen, sie fassten sich bei den Händen, immer wieder nass von Tränen.

Meine Mutter nahm eine Tablette gegen das Himmelelend. Sie öffnete der Blondierten von nebenan die Tür, in deren Arm ihre drei Hunde kläfften, und schlug ihr die Tür vor der Nase wieder zu. Später ging sie mit Kuchen und zwei Gästen zur Blondierten hinüber, drängte ihr Kuchen und Gäste auf, weil sie nicht wusste, wohin mit ihnen. Es waren ausgesuchte Gäste; die eine auch blondiert. Gemeinsame Interessen können das Eis brechen.

Im Flur war Gerenne. Alle in Schwarz. Alle in bester Stimmung. Die Nachbarn grüßten meine Mutter: Eine schöne Beerdigung. Und meine Mutter grüßte zurück: Viel zu teuer.

Einige Nachbarn hatten vergessen, dass sie mit mir nicht zurechtkamen. Sie fassten mir ins Haar. Die Blondierte allen voran, und sie ließ mich ihre Hunde streicheln.

– Wenn der Tod im Spiel ist, sagte meine Mutter, sehen die meisten die Dinge nicht mehr so eng. Einige fallen bei der Aussicht sogar ins Bodenlose.

– Das, sagte mein Vater, gibt sich wieder beim Essen.

Für riesige Fuhren gehörte die Küche ihm, und das Wochenende war sowieso seine Domäne. Die Nachbarin hatte Glück, dass sie am Donnerstag gestorben war, und die Verwandtschaft hatte Schwein, dass sie eine riesige Fuhre war: ein doppelter Jackpot. Mein Vater war schon ganz aufgeregt, pellte in Gedanken Berge von Kartoffeln, schnitt Gemüse, zerlegte ein Rind, Hühner und Schweine, denen das Sterben leichter von der Hand gegangen war als der Nachbarin. Viel leichter.

– Es ist für sie eine Überraschung, sagte er, auf der Schweinewolke aufzuwachen, im Rinderhimmel, auf Hühnersternen. Von dort oben gucken sie stolz in diese Pfannen und staunen: Na so was. Da, das bin ja ich, das mein Schwager. Erstaunlich: Aus der blöden Sau ist doch noch was geworden, und hier: Was man aus einem dämlichen Rindvieh so machen kann. Nicht zu fassen.

Mein Vater wollte die Küche für sich haben. Aber meine Mutter wischte Brotkrumen von der Anrichte, vom Tisch, sie wischte unter dem Tisch, sie fand Socken. Sie wischte den Fernseher ab, sie fand einen Hut, drei Hüte, den vierten auf dem Vogelkäfig. Sie wischte, so lange sie konnte, weil alle auswärts waren, sich auslüfteten, einen Gang taten, und mein Vater wanderte Listen schreibend auf und ab und ging schließlich einkaufen.

Er soll nicht übertreiben, er, der seine Gastfreundschaft noch nicht einmal im Schlaf ausziehen kann, rief sie ihm hinterher, Herrgott, dass er doch gleich alle mitbringen soll, die er auf der Straße noch findet und in Hauseingängen oder unter Steinen.

Sie musste ein wenig weinen, weil ihr seine Gastfreundschaft bis in den Tod über den Kopf wuchs und sie sich schon wieder Rechnungen essen sah, damit sie vom Tisch waren.

Meine Mutter ging durch den Lilienduft, sie teilte ihn mit Kölnischwasser, sie hatte sich schön gemacht, sie deckte den Tisch. Seit zwei Tagen deckte sie fast ununterbrochen den Tisch, und am dritten brauchte sie alle Teller; alle, die sie hatte, und alle, die sie kriegen konnte. Teller waren Pflicht. Keiner kam ohne, und mein Vater stand in der Küche und sah Eli zu, wie er die Schnitzel platt schlug.

Mein Vater schaute Eli gern zu. Eli machte normalerweise Mauern im Akkord. Er hatte Hände so groß wie Bratpfannen, und sein Augenmaß war im Fach hoch angesehen. Aber trotzdem redeten die Leute über Eli. Sogar in der Regierung. Es war nicht klar, ob die Regierung ihm die Schweiz erlaubte oder nicht. Obwohl er alles konnte: Mehrfamilienhäuser so gut wie den Kaninchenstall für Schneewittchen. Er machte so etwas im

Schlaf, und tagsüber besuchte er uns oft, um eine große Hilfe zu sein. Dass die Leute redeten, war meinem Vater egal, und dass die Regierung wegen Eli sogar Briefe schrieb, machte ihm erst recht keinen Eindruck.

– Idioten. Ausnahmslos. Rindviecher. Die Regierung kann uns mal.

Er hob mich auf die Anrichte. Von seinen Händen bröckelte Panade.

– Schau dir doch Eli an. Eliseo Álvaro Manuel Raúl Caballero Pardo. Der kann was, stimmt's?

Ich wartete. Mein Vater wollte mir den Rinderhimmel genauer erklären.

– Es ist nämlich so: Im Rindviecherhimmel müssen die Tiere zusammenrücken. Dort fahren nach ihrem Tod auch Menschen hin, ohne dass es auffällt. Bei den Schweinen und Hühnern ist es ebenso. Solche Versehen passieren.

Ist es ein Wunder? All die Himmel. Soll sich einer auskennen. Und dann ist da noch das Pfefferland. Es ist ein Paradies zu Lebzeiten, wo mein Vater meine Mutter manchmal zur Kur hinschicken wollte, es aber nie klappte, weil unser Geld hinten und vorn nicht reichte.

Die Tür stand offen. Sie ging gar nicht mehr zu. Meine Mutter ging zwischen den Gästen hindurch und zählte sie. Auf dem Flur, im Klo, in den Zimmern – sie klaubte zwei vom Ehebett, die keinen Hunger auf Schnitzel hatten, bloß einander grade aufaßen und mit Schnaps kleckerten, es war noch nicht einmal aufgetragen. Sie zählte im Wohnzimmer und in der Küche die, die aufs Fleisch einschlugen, es droschen, dass ihm die Sehnen hervorquollen. Sie rief ihnen zu:

– Es ist eine Schande – in unserem Bett.

Eli krempelte die Ärmel hoch. Mein Vater hielt ihn zurück.

– Lass, erst sollen sie essen.

Meine Mutter schüttelte den Kopf, trug jetzt Flaschen herum, sie nahm noch zwei Pillen gegen das Himmelelend und begann mit dem Zählen wieder von vorn. Sie kommandierte mich und die Blondierte mit Schüsseln und Gläsern durch die Wohnung und sagte zu den Gladiolen:

– Es sind noch nicht mal alle da.

Dejan und Mirela fehlten. Das schönste Paar weit und breit. Sie steckten noch im Restaurant fest, in dem sie arbeiteten. Sie wollten nachkommen, mit gebratenem Schweinefleisch und Dejans Gitarre, die in seiner Freizeit für Stimmung sorgte. Auch Henry und Silvester hätten schon längst da sein sollen. Sie waren aus Afrika gekommen, weil die Schweiz sie brauchte, um riesige Schaufelräder herzustellen, mit denen das Ausland Strom machen konnte, sagte mein Vater. Henry und Silvester waren von Afrika nach Amerika gereist, um dort zur Schule für Schaufelräder und Strom zu gehen und hatten in ihren Zimmern viereckige Hüte mit Kordeln, die auf Kissen verstaubten, und an den Wänden hingen eingerahmte Papiere. In Amerika hatten sie sich einen Ruf gemacht, der bis nach Europa reichte, und sie waren auf einem roten Teppich in die Schweiz gekommen. Henry und Silvester waren für die Schweizer Industrie unentbehrlich. Schaufelräder waren der Verkaufsschlager. Auch Eli sagte, die beiden wären handverlesen. Bloß meiner Mutter machte das keinen Eindruck. Im Gegenteil: Immer wenn mein Vater über Henry und Silvester reden wollte, klingelte das Geschirr im Küchenschrank ähnlich laut, wie wenn er Onkel Gion erwähnte, der nicht richtig im Kopf war, oder eine Nachbarin, die in Zürich einen Supermarkt für Liebe hatte.

Mein Vater trug Schnitzel auf, und meine Mutter wollte nach dem Rechten sehen. Seit das Ehebett entweiht worden war, war mit allem zu rechnen, sagte sie. Und tatsächlich: lebendige Hühner am Duschkopf hängend, zu einem Strauß gebunden, der mit den Flügeln schlug, als sie ihn losmachte.

– Eli!

Sie trug sie in die Küche. Eins fiel zu Boden, es rappelte sich auf, flatterte über den Köpfen, die Blondierte musste ihre Hunde bändigen, das Huhn war aufgeregt, es verteilte Federn und Scheiße. Eine Cousine der Nachbarin fing es ein und griff ihm unter die Federn. Sie drückte es so lange in den Blumen ihres Kleides nieder, bis es ruhig wurde und sich in die Handtasche stecken ließ. Dort guckte es zwischen den Zähnen des Reißverschlusses hervor und machte keinen Mucks.

Endlich waren auch Mirela und Dejan da. Mirela strahlte für zwei, das tat sie immer. Sie hatte eine Haut so weiß wie die Milch, die sie im Restaurantkeller zu Käse rührte und durch Lappen presste. Die beiden hatten eine Kiste Slibowitz dabei, Goran-die-Geige, Dejans Gitarre und das Schweinefleisch im Ganzen, vor dem meine Mutter weglief. Dejan hielt mir das fettige Paket hin.

– Was hat sie? Es ist frisch. Und noch warm. Wieso mag sie Ferkel nicht?

– Sie kann keine Kinder essen.

Er zuckte die Schultern, schob sich an mir vorbei, öffnete ein Glas Paprikamus, das ihm Mirela gereicht hatte, stapelte runde Brote auf dem Tisch, klemmte einen Teller unter den Arm, steckte sich Besteck in die Jackentasche und ging zum Telefon, wählte mit der Gabel die Nummer. Beim Essen vermisste Dejan die Sprache von zu Hause am meisten. Er telefonierte mit Freunden. Die Schnur hinter sich herziehend, ging er dabei durch die Zimmer, bis die Verbindung plötzlich abbrach. Dejan schüttelte den Hörer, klopfte die Muschel aus, damit die restlichen Wörter herausfallen konnten, als einer die Tür aufriss und ihm das Kabel vor die Füße warf. Er hielt Dejan die Gitarre hin.

– Komm endlich rein und spiel!

Dejan hielt, was die andern versprochen hatten. Was für eine Musik. Sogar meine Mutter und die Blondierte tanzten, bis ihnen schwindlig wurde und man sie hätte stützen müssen, wäre die Wohnung nicht so voll gewesen wie der Bus Nummer vier. Ab und zu kippte jemand zur Tür hinaus, blieb im Stiegenhaus sitzen und schlief ein; kein Einziger merkte, dass ich ihnen schrumplige, schwarze Oliven in die Ohren steckte. Dejan schwor darauf, wenn er seine Ruhe haben wollte.

Drinnen hielt Dejan die Gitarre im Arm, und Eli hielt Dejan im Arm. Sie hatten große Gefühle und sangen, als ich den Kuchen hereintrug. Es war, wie die Tanten sagten: Alle gingen aus dem Weg, sie machten Platz. Weiß der Himmel, wo sie den hernahmen, sie zogen die Bäuche ein, als käme die Braut.

Bloß einer schob sich den Hut in den Nacken.

– Was soll ich damit?

Er drehte dem Kuchen den Rücken zu, hielt die Hand auf ein Schnitzel, um ihm die Temperatur zu nehmen. Er schnalzte mit der Zunge, sagte ›kalt‹, sagte ›egal‹ und aß es von Hand.

– Wie heißt du?

– Johann.

– Woher kommst du?

– Von der Hernalser.

– Wo ist Hernalser?

– *Die* Hernalser. Hernalser Hauptstraße. Österreich.

– Wo liegt das denn?

– In Wien.

Johann tupfte sich die Lippen mit einem Taschentuch ab. Mein Vater und Eli stellten sich dazu.

– Die besten, geh, die allerbesten Schnitzel in meinem Leben waren das. – Aber sag, was macht der Tschusch da?

– Was ist ein *Tschusch*?

– Einer von denen.

Johann deutete auf Dejan.

– Hast auch Neger?

Mein Vater sagte kein Wort. Noch nicht einmal den *Tschusch* wollte er mir erklären.

– Du musst ins Bett.

– Ich will nicht.

– Sie trinken alle. Es geht schnell wie ein Sonnenuntergang in den Tropen; kaum blinzelst du, ist die Sonne weg und die Nacht da und bringt die Leute zu Fall.

– Wo sind Henry und Silvester?

– Das weißt du doch.

– Ich nenne ihn Vogel.

– Wen?

– Den Vogel.

– Das ist kein richtiger Name.

– Denkst du dir einen aus?

– Ja.

– Schreibst du ihn mir auf?

– Gleich morgen, wenn die Gäste aus dem Haus sind.

Seine Hände vergaßen das Versprechen. Sie waren anderweitig beschäftigt. Das waren sie immer. An jenem Tag zum Beispiel hatten sie die Hunde der Blondierten gekrault, den Toyota shampooniert, sie hatten Schnitzel geklopft, meine Mutter in der Küche um die Hüften gefasst und auf Henry und Silvesters Schultern gelegen, um ihnen im Stiegenhaus ein bisschen Mut zu machen, wieder zu gehen, weil außer Johann auch meine Mutter eine Allergie hatte gegen Afrika.

– SO EIN SÜSSES KLEINES Ding.

Tante Joujou war extra vom Dorf unter den Churfirsten hierher gefahren, um das zu sagen.

Sie wiederholte sich.

– Ein süßes Ding. Und so hübsch. Wo habt ihr es denn her?

Auf dem Tisch lagen zwei endlos dünne, lange Brote, auf die Tante Joujou schwor. *Baguettes* hießen sie, und einen Käse, der rann, nannte sie *reif*, obwohl er nicht aus dem Garten kam. Mutters Seite, sagte mein Vater, Mutters Seite kommt aus Frankreich. Mutters Seite ist komplett verrückt, sagte er. Und nicht auszuhalten.

Tante Joujou begann, im Kaffee zu rühren. Sie hatte die schönste Tasse bekommen. Die, auf der ein Reh mit weit aufgerissenen Augen aus dem Wald guckte, während der Jäger darauf zielte. Mein Vater nannte das eine klassische Jagdszene. Auf dem Unterteller war das Reh schon tot. Es lag auf Tannenzweigen und wartete auf den Koch.

Hell, das Klingeln des Löffels, und leise. Wie Tante Joujous Stimme, die wissen wollte, ob ich erforscht wäre, weil man sich bei Kindern mit Hintergrund etwas holen konnte. Als Frau eines Apothekers hätte sie das gern gewusst, und eins war sicher: Ich wäre etwas dunkel, aber wir hätten gute Chancen, dass sich das noch auswachsen könnte. Sie seufzte und strich mir übers Haar. An einem Keks knabbernd, sagte sie noch dies und das, während mein Vater sich die Nasenwurzel knetete und an einer Tischtuchklammer die Feder prüfte. Meine Mutter trommelte mit den Fingern und warf ein paar zermatschte Oliven auf den Tisch.

– Aus dem Flur. Da waren noch mehr. Genauer gesagt waren da viele. Ich habe sie heute aus allen Ecken gewischt, lauter schwarze schrumplige Dinger. Sie waren in die Ritzen getreten, aus denen ich sie dann gekratzt habe. Nicht, dass ich sonst nichts zu tun gehabt hätte mit der Beerdigung.

Tante Joujou rührte in ihrem Kaffee, dass er in den Unterteller schwappte. Sie wurde ungern unterbrochen. Die Olivenreste zu einem Häufchen kehrend, sagte meine Mutter:

– Es war allerdings eine schöne Beerdigung. Eine sehr schöne, muss ich schon sagen. Mit vielen Blumen. Mit sehr vielen. Mit richtig vielen Leuten, wie es sich gehört. Nicht alle das Gelbe vom Ei, muss man auch sagen, aber die Verwandtschaft kann man sich nun mal nicht aussuchen, auch nicht, wenn man so nobel ist, wie die Nachbarin es war. Sie hat sehr gern gelesen, sie ist mit einem Buch in der Hand gestorben, hat es sich auch leisten können, herumzusitzen und Bücher zu lesen. Nicht, dass ich ihr das nicht gegönnt hätte. Sie war überaus angenehm. – Nicht zu glauben, wie viele Bücher wir in der Wohnung gefunden haben. Und erst im Keller. Und auf dem Dachboden. Ganze Schrankwände voll. Schachteln, Kisten, Koffer: gefüllt mit Büchern. Nur Bücher. – Und diese Blusen. In Farben, du hältst es nicht für möglich.

Tante Joujou schaute nicht von der Tasse auf, in der sie herumrührte. Im Gegenteil: Sie schien sie noch etwas genauer betrachten zu wollen, als wäre ihr die Jagdszene zum ersten Mal aufgefallen.

– Sehr schön gemacht. Ein Einzelstück?

Als meine Mutter wieder anfing, mit dem Olivenmatsch auf dem Tisch zu spielen, guckte sie lange auf das Reh, das auf den Koch wartete, bevor sie den Unterteller leer schlürfte.

– Hör mal: Kinderlos zu bleiben ist keine Seltenheit. Unglücksfälle wie dich gibt es viele. Das muss dich nicht beunruhigen.

Das hatte die Chefin auch gesagt. Unglücksfälle wie meine Mutter werden erst mit allen Organen unter ärztliche Obhut gestellt. Ist Hopfen und Malz verloren, gehen sie in die Kirche, um nach Gott zu schauen. Wenn Gott auch nicht hilft, sind wir an der Reihe.

– Und Unglücksfälle wie die Kleine übrigens auch. Ist doch nichts dabei.

Als die Tasse neben Tante Joujou an die Wand ging, rieb mein Vater seine Stirn und prüfte die zweite Tischtuchklammer. In der Küche hin und her gehend, sammelte meine Mutter alles ein, was Tante Joujou mitgebracht hatte: die Baguettes, ihren Mantel, die Reisetasche, den Käse, ein Tuch, Hut, Schuhe, Zeitschriften, Blumen, und warf alles aus dem Fenster. Auf der Straße klingelte und hupte es, eine Bremse quietschte, und jemand schrie: ›Ausländerpack!‹ Mein Vater drückte die Feder der Tischtuchklammer wieder und wieder durch.

Auf dem Klo ist es ruhig. Man kann ungestört seinen Gedanken nachgehen. Ich stellte mich vor die Tür, um meiner Mutter ein wenig dabei zu helfen. Sie hatte endlich aufgehört zu weinen.

– Tante Joujou ist fort.

– Gut.

– Es sind alle fort.

– Gut.

– Soll ich die Blondierte holen?

– Ganz bestimmt nicht.

– Und Eli?

– Den auch nicht.

– Soll ich Tat anrufen?

– Du sollst niemanden anrufen.

Ich sah ins Wohnzimmer hinüber zu meinem Vater.

– Möchtest du mit ihm reden?

– Nein. Wo ist er eigentlich?

– Er liegt auf dem Sofa.

– Wie geht es ihm?

– Er hat Kopfschmerzen, sagt er. Und dass wir neue Tischtuchklammern brauchen. Drei Stück.

Meine Mutter begann wieder zu weinen.

– Sind Tischtuchklammern so teuer?

– Lass mich einfach fünf Minuten in Ruhe. Lasst mich alle einfach in Ruhe.

Ich blieb noch eine Weile stehen. Manchmal überlegte es sich meine Mutter anders, wollte Pillen gegen das Himmelelend haben, ein Glas Wasser und ihre Lieblingsillustrierte.

– Na los, verschwinde.

Mein Vater drehte sich auf dem Sofa um und schloss die Augen, damit er es nicht anschauen musste. Jetzt, wo es ihm gehörte, gefiel es ihm nicht mehr. Einen senfgelben Alptraum nannte er es, aber das war ich anderntags auch, denn ich kotzte das Stückchen Fleisch und kotzte den Fleck Kartoffelbrei, die halbe Banane, den Reis, die Tasse Suppe, den Löffel Haferschleim. Meine Mutter schüttelte den Kopf, fasste mir an die Stirn, trug die Schüsselchen hinaus, den Teller, die Gläser, ich dünstete in Essigsocken. Die Blondierte kam zu Besuch, Eli und Mirela und später Dejan.

Sie stehen um das Bett herum.

– Schau dir das an.

– Eindeutig die Leber.

– Eindeutig.

– Gelb wie ›die Schwarzäugige Susanne‹.

– Gelb wie eine Sonnenblume.

– Gelb wie eine Paprika.

– Ein Zitronenfalter.

– Butter.

Sie schütteln die Köpfe, gehen im Zimmer auf und ab.
– Heiß hier drin.
– Drückend heiß.
– Brütend heiß.
– Eine Bruthitze.
Sie fühlen mir die Stirn. Auch der Arzt.
– Kochend heiß.
– Glühend heiß.
– Und feucht.
– Nass.
– Pitschnass.
– Klatschnass.
– Pudelnass.
– Unglaublich.

Sie scharren mit den Füßen, und Eli bringt sie zur Tür. Auch den Arzt, der kommt und geht und flüstert, die Tür leise schließt. Das Telefon, das klingelt, dessen Klingel hallt, mein Kopf, der warm und wärmer wird und heiß. Mein Vater sagte, dass Tat angerufen hatte und wissen wollte, wie es geht. Meine Mutter schüttelte den Kopf. Elis Hand an meiner Schulter, die mir den Hörer hinhält und flüstert:
– Dein Großvater.
– Tat?
– Ja.

Tat, der fragt, wie es geht, der erzählt, dass die Pflaumen unglaublich groß werden dieses Jahr, riesig werden und saftig, die Äpfel ein Traum. Der Hörer fällt mir aus der Hand.

Mein Kopf, in dem es braust.

Mein Kopf, der knistert und knackt, der klopft im Takt. Tat, der vom Baum fällt, der mit Äpfeln nach Pflaumen wirft, nach der Uhr auf seinem Dach, nach seinen Beinen, die in der Küche ohne ihn tanzen.

Licht, das kommt und geht.

Elis Blick, der auf mir ruht, und seine Hand, die meine fasst. Hüpfendes Licht im Fenster, ein Licht in Elis Blick, ein Funke, der verlöscht. Elis Schlaf.

Hände, die wechseln. Die nicht loslassen. Drei Tage nicht, sagen sie. Drei Tage.

Am vierten sitze ich am Küchentisch und löffle Suppe, vielleicht will sie bleiben. Meine Mutter streicht mir übers Haar.

– Bald wird es besser.

Sie sahen mir beim Essen zu, wechselten sich auch dabei ab, meine Mutter schnitt Blumen, stellte sie in eine Vase, mein Vater las, und später nahm meine Mutter den Mantel. Sie kam mit einer Schachtel wieder, die sie auf meinem Bett auspackte. Mein Vater legte sein Buch weg.

– Was ist das?

– Eine Höhensonne.

– Wozu brauchen wir so etwas?

– Für meinen Teint.

– Für deinen Teint?

Meine Mutter schaute erst ihn an und dann mich.

– Ich hab nichts gemacht.

Mein Vater rieb sich die Nasenflügel.

– Ich weiß. Es war Mutter Natur.

Es war auch Mutter Natur gewesen, die diese Grippe an nahezu jeden verteilt hatte. Nur meine Eltern, Eli und die Blondierte blieben gesund, es war ein Wunder. Sie hatten alle Hände voll zu tun. Mein Vater kochte Hühnersuppe im Akkord, meine Mutter trug sie aus und kam mit Körben voller Bettwäsche nach Hause, die sie nachts wusch. Die Blondierte hatte noch nicht einmal Zeit, zum Friseur zu gehen. Ihr Scheitel leuchtete fuchsrot, während sie wortlos bei uns in der Küche Wäsche bügelte und an ihre drei Großen Kopfnüsse austeilte, wenn sie in den Fernseher stierten, anstatt ihre Hausaufgaben zu erledigen.

Nach der Grippe waren alle krank vor Müdigkeit. Meine Mutter brauchte besonders viel Ruhe und Rücksicht. Sie musste sich pflegen. Nach einer vollen Stunde vor der Höhensonne legte sie sich mit einem Brei aus Gurken, Honig und Quark im Gesicht in den Liegestuhl. Ich sah leise in den Himmel, zeichnete auf Zehenspitzen und nahm alle Wörter mit zu Eli, der beim Hasenstall saß und Schneewittchen altes Brot zusteckte. Meine Sammlung in Streichholzschachteln war schon ganz schön groß. Wörter für SPÄTER, von FRÜHER, für JETZT.

ADOPTION nannte sich das, was ich hatte. Eli hatte es mir erklärt. Es war mein neuestes Wort.

– Aber es passt nicht mehr in die Schachtel JETZT.

– Dann nimm doch PFLEGE raus. Das brauchst du nicht mehr.

– Doch.

– Dann leg es in die Zukunftswörterschachtel. Da ist noch viel Platz.

ADOPTION hatte meine Mutter geschrieben, KAPITAL mein Vater, und Eli schrieb ZUHAUSE.

– Und wohin kommt GLÜCK?

– Dazu ist das Leben nicht verpflichtet, sagt er.

– Und zu ADOPTION?

– Auch nicht.

– Schreib mir GLÜCK auf.

GLÜCK. Es gehört in die Streichholzschachtel UNWAHRSCHEINLICHKEIT Schrägstrich HOFFNUNG.

– Und LEBEN?

– Gehört in alle Schachteln.

Eli schrieb LA VIDA.

– Ist es in Spanisch dasselbe?

– In keinem Mund ist es dasselbe.

NICHT ALLE WOHNUNGEN IN unserm Haus hatten Zentralwärme. Die meisten versorgten sich deshalb im Winter elektrisch. Es war schwierig mit dem Elektrischen, alle wollten etwas davon abhaben, und das Haus hatte nicht mit so vielen Bewohnern gerechnet.

Die Männer zogen nachts Leitungen ins Nachbarhaus, und die Sicherungen hüpften aus der Fassung. Nicht jeder Radiator war legal anwesend, von Fernsehern und Radios ganz zu schweigen.

Es gab Aufruhr, wenn die im Nachbarhaus wieder herauskriegten, dass ihr Strom nebenan Radio, Fernseher und sogar Heizung möglich machten. Danach war es wieder beinahe überall dunkel, kalt und still, weil die Polizei an den Leitungen gerissen hatte, und es gab Probleme: Nicht nur zu viele Radiatoren hatten illegal in den Wohnungen herumgestanden, sondern auch Ausländer. Pechvögel, nannte sie mein Vater, und Glückspilze jene, die Eli aus dem Hintereingang winkte und sie auf eine weit entfernte Baustelle in die Ferien fuhr, damit sie hier dem Elektrischen nicht mehr zur Last fielen, bis sich die Lage wieder beruhigt hatte.

Der Vermieter hatte Verständnis für die Ausländer:

dass welche nachkommen, weil sie zusammengehören, dass welche nachkommen, weil sie geboren werden, dass sie alle unterkommen wollen; er hatte nichts dagegen, wenn sie sich vergrößern wollten.

– Geteilte Freude ist doppelte Freude, sagte er.

Die Ausländer verstanden ihn.

Sie riefen Eli, und er zog eine Mauer ein, machte aus einer Wohnung zwei. Der Vermieter hatte danach die doppelte Freude und die Ausländer die geteilte.

Einmal die Woche kam er kassieren. Die Hände in den ausgebeulten Taschen, wiederholte er im Treppenhaus, dass in der Bescheidenheit der Ausländer ihre Möglichkeiten liegen. Das trug ihm viele Namen ein. Mein Vater nannte ihn ein Arschloch, und er bekam nur deshalb keine aufs Maul, weil Eli danebenstand. Sogar meine Mutter nannte ihn am Tisch einen Schweinehund, und Eli sagte:

– Eso cabrón! Es un hombrecito sin cojones.

Elis Spanisch interessierte meine Mutter, wenn es so von Herzen kam. Etwas, das so schön klang wie der Name einer dekorierten Pastete, für die man den Doktortitel des Quartiers bekam, hätte sie gern in ihre Sammlung aufgenommen.

– Was ist das?

Eli erklärte meiner Mutter, dass der Vermieter ohne alles ist, und sie fragte:

– Was ist das denn?

Eli erklärte ihr, dass man dem Vermieter die Eier abschneiden könnte, ohne dass er es merken würde, weil er keine hat, oder anders gesagt: weil er keinen Mumm in den Knochen hat, und meine Mutter sagte, dass sie sich Eier am Tisch verbitten würde, weil sie für ein Mädchen in meinem Alter schädlich wären. Aber Eier waren mir bereits bekannt. Was dachte sie denn, wo ich gelebt hatte: hinter dem Mond? Eier sind weit verbreitet, und wenn sie nicht mit dem Gesetz in Konflikt geraten, sind sie nicht weiter aufregend, hatte die Chefin gesagt.

Eli wollte noch etwas sagen, aber meine Mutter guckte. Und wenn meine Mutter guckte, fiel das Soufflé meines Vaters in sich zusammen, Sicherungen sprangen heraus, etwas knickte ein oder ging zu Bruch, und mein Vater sagte, Blumen in Vasen würden danach schneller welken, und wenn es ganz schlimm war, verloren sie gleich die Köpfe.

Sonntags musste Eli Schneewittchen und Vogel füttern und die Fenster schließen, falls es regnen sollte. Sonntags fuhren wir zu Tat.

Tat Jon, der Schach spielt, wenn's sein muss, gegen sich selbst; Tat, der auch in seinem Alter noch kocht, der die Polenta mit Schmelzkäse anrührt, der sein Motorrad putzt, obwohl er es nicht mehr fahren kann, der seinem Motorrad keine Schuld gibt, obwohl es ihm ein Bein genommen hat.

Tat, der Toscani raucht und Trübsal bläst, der Früchte furzt und auch nicht mehr richtig verdauen kann, obwohl daran nicht das Motorrad Schuld hat.

Tat, bei dem alles gelb und grau ist; die Haare, der Schnurrbart, die Finger, die Nägel, die Zimmer leere Flussbetten, ausgetrocknete Seen, gelb wie in Afrika, wo Flüsse und Seen mehr als das halbe Jahr über Ferien machen.

Tat Jon, dessen zweites Bein in Rauch aufging.

Tat, der nachts aus dem Bett will zum Polentakochen, zum Polentascheißen, zum Kaffeekochen, zum Kaffeepinkeln oder Blut.

Tat, der mehr Uhren im Haus hat als Messer, Gabeln und Löffel. Auf jeder eine andere Zeit, um den Tod hinters Licht zu führen; ein Haus, in dem es tickt und schnurrt und schnarrt und der Kuckuck schreit. Ganz wie im Wald, während ein Feuer raucht oder die Polenta kocht oder die Fenster offen stehen, es scheint, nur für die Wespen.

Tat, der nur die Oberseite der Teller spült.

Tat, der aus dem Haus muss, wenn meine Mutter kommt, um Ordnung zu schaffen, die Betten macht, die Teppiche klopft, die Borde auseinandernimmt, den Kühlschrank, den schwarzweiß gekachelten Boden wischt, die Messer, Gabeln und Löffel wäscht, die Teller auf der Unterseite.

Tat, der nicht aus dem Haus will, wenn meine Mutter kommt. Bis sie guckt. Tat, der danach einen Rundgang durchs Haus macht, um alle Uhren wieder anzuschubsen, die stehengeblieben sind.

Tat, der mehr Runzeln hat als Sellerie und Ohren mit Büscheln von Haar darin, die das Hören schwer machen.

Tat, dessen Falten am Hals zittern wie die eines Truthahns.

Tat, der weint, wenn er hinfällt, selbst sein alter Hund kann besser gehen. Sein Hund, der ein Ein und Alles ist, der Hilfe holt, seit die Tatta nicht mehr ist: Sepp. Sepp, der genügsam ist wie Gras.

Tat, der viel kocht und wenig wäscht, der seinen Kaffee aus der Untertasse schlürft, der draußen sitzt, der Erdbeeren, Himbeeren und Brombeeren lutscht, der Aprikosen teilt und Pfirsiche, der Äpfel schneidet und Birnen, die Nüsse den Krähen lässt; es nicht merkt, wenn es Winter wird und kalt im Garten, meine Eltern schütteln den Kopf.

Tat, der mehr als eine Viertelstunde braucht in den Keller und zurück. Tat wird sterben. Keiner ist so nah dran wie er.

Tat, der fünf Beine hat: eins, das passt, eins, das scheuert, und eins in Aussicht: dasjenige, um das er mit der Versicherung streitet. Eins, das er trotzdem spürt, obwohl es fort ist, und eins, das er in guter Erinnerung hat, weil es Ruhe gibt.

Tat oder Nonno oder Großvater. Je nachdem, wer zu Besuch kommt. Irgendwo gottverlassen, wo's auch den Teufel nicht schert, sagen sie. Unglaublich die Kurven, in die wir uns legen, um dorthin zu kommen. Jedes Mal wird mir schlecht.

– Sieh dir das an.

Tat war nicht zufrieden mit seinen Beinen. Er wollte

noch ein drittes, hatte eins bestellt bei der Versicherung, aber sie wollte ihm kein weiteres schicken.

Wo ein linkes sein sollte, war auch ein rechtes, das machte Probleme beim Schuhekaufen. Tat machte Probleme beim Schuhekaufen und nicht nur dort: auch bei der Versicherung, die ihm das eingebrockt hatte. Er schrieb ihr einmal die Woche, mehrere Male, wenn der Stumpf wieder wund war. Er schrieb von Hand, seit mein Vater ihm die Buchstaben herausmontiert hatte, die es brauchte, um Wörter zu tippen, die sich *Amtsbeleidigungen* nannten. Sie kosteten Tat viel Geld, und die Versicherung stellte ihm zusätzlich etwas in Aussicht, das *Entmündigung* hieß.

Jeden Sonntag musste mein Vater ihm alle Antwortbriefe der Versicherung vorlesen, auch wenn kein neuer gekommen war. Tat vergaß schnell, er wollte im Kopf wieder auf den neuesten Stand gebracht werden und suchte deswegen seine Brille. Ohne konnte er nicht zuhören. Während mein Vater in den Briefen blätterte und vorlas, mahlte Tat mit den Kiefern, schmatzte mit seinen losen Zähnen und fauchte.

– Merda de giat! Katzenscheiße!

– Fluch nicht so.

– Den Teufel werd ich. Mir leiert das Gedärme. Tut dir was weh?

– Ja, ein Zahn.

– Aber du hast ihn noch. Mir tut sogar weh, was fehlt.

– Warum brauchst du noch mehr Beine, Tat?

– Siehst du doch, Grünschnabel, ich fall immer hin.

– Und wieso kauft dir die Versicherung kein neues?

– Sie sagt, ich bin kein Weltwunder. Keiner braucht mehr als zwei Beine.

– Kannst du dir keines selber kaufen?

Tat schüttelte den Kopf.

– Zu teuer.

– Aber warum hast du zwei rechte Beine? Keiner hat das.

– Sag ich doch. Sieh dir den Grünschnabel an. Hat mehr Grütze im Kopf als eine ganze Versicherungsgesellschaft.

– Warum hast du zwei rechte Beine?

– Ich hatte einen Unfall mit dem Motorrad, es ist Jahre her, ich verlor ein Bein dabei. Nach dem Unfall bekam ich eins, ein rechtes. Es passte nicht richtig. Ich bekam noch eins, war ziemlich zufrieden damit, ich stellte das andere in den Schrank, und dann verlor ich das andere.

– Wegen verstopfter Venen von zu vielen Toscani, ich weiß.

Tat rutschte auf seinem Hintern hin und her, als hätte ihn etwas gestochen.

– Seh sich einer den Grünschnabel an. Was auch immer: Die Versicherung hat zwei Beine in ihren Akten stehen. Mehr kann keiner verlangen, sagt sie. Zwei Beine sind zwei Beine. Wann fahrt ihr? Wir müssen noch in den Garten.

Der Garten hatte zu viele Früchte. Die Pflaumen so

groß wie Pfirsiche, die Äpfel tiefrot. Obst, dass sich die Bäume bogen, korbweise luden wir es ins Auto. Die Blondierte schwärmte davon, in unserer Straße war es weltberühmt. Tat war hochzufrieden. Seit er in die Stadt gratis Obst lieferte, sahen die Städter nicht mehr auf ihn herab.

– Warum?

– Deshalb. Aber es gibt bessere Gründe.

Tat und ich gründeten das Lexikon der guten Gründe. Nach diesem Nachmittag hatte es mehr Seiten, als ich schon zählen und Tat sich noch merken konnte. Tat nannte gute Gründe auch *Argumente*. *Argumente* konnten die Farbe ändern, gute *Argumente* waren schnell wie der Wind, waren unschlagbar und genau wie die Spezialmesser der Ärzte, die versucht hatten, Onkel Niculins Herz zu retten. Manchmal würden auch gute Gründe oder beste *Argumente* nichts helfen, sagte Tat. Aber ein paar Dinge stehen fest: Es gibt gute Gründe für Pflaumenbäume, für Pfirsichbäume, für Erdbeerkuchen, für schnelle Motorräder, Toscani, für schöne Frauen, ganz schöne Frauen und extraschöne Frauen (Tat), für Augenblicke mit Ewigkeitscharakter, in denen einem das Herz vor Glück stillsteht, für lange Küsse (ich hatte keine Ahnung, wovon Tat redete, er eigentlich auch nicht mehr, sagte er), umso mehr gibt es gute Gründe für die Erinnerung, für das Jetzt, auch wenn man es nicht immer sehen kann. Es gibt gute Gründe für Dejans Musik, für Mirelas Lachen, für warmes Brot, Elis Mauern, künstliche Eltern, für künstliche Beine, für Schnitzel, für Schneewittchen, schönes Wetter und Fliegenklatschen.

Es gab gute Gründe für die Chefin, für ihren Hund, für vergitterte Fenster und extrawarme Decken, für Pudding am Sonntag und Apfelmus, für Helenes Kuchen, für die gestohlenen Äpfel und die geschenkten, für ein blaues Auge oder zwei, für Ohrfeigen, es gab gute Gründe für die Großen, sie auszuteilen, für die Kleinen zu petzen, es gab gute Gründe für die, die ausrissen, und für die, die blieben.

– Sogar für Fliegen gibt es gute Gründe, sagt Tat. Würden die nicht so viel Scheiße fressen, gäbe es auf der Welt noch mehr davon.

Die Zähne schon wieder im Glas, verabschiedete er sich, und in ein Gespräch mit sich selbst vertieft, stand er in der Tür, hob die Hand, und mein Vater seufzte, immer kann es das letzte Mal sein. Meine Mutter seufzte auch. Nun würde Tat die Polenta wieder vergessen, die er gekocht hatte, entweder täglich neue kochen, immer eine Pfanne voll, damit er anderntags auf sie zurückgreifen könnte, er würde die Tage vergessen, doch nichts essen und irgendwann die Polenta verwundert unter dem Schimmel suchen und anrufen, wenn er dabei war, neue zu kochen. Während er sie umrührte, hatte er Zeit.

POLENTA legte ich in die Schachtel IMMER. Immer sollte sie frisch sein und immer bereitstehen für Tat.

Im haus zogen neue Mieter ein. Sie machten eine Menge Lärm. Mit dem Lärm zusammen, den wir Kinder machten, zerrte das an den Nerven meiner Mutter. Nerven, die zwar aus Drahtseil waren, aber auch die letzten. Hier hatten alle nur noch die letzten Nerven, und die Blondierte mit ihren Söhnen ganz besonders, weil wir es auf ihre drei Hunde abgesehen hatten, von denen sich ihre Großen einen hergenommen hatten, um ihn zu blondieren. Sie machte Aufruhr deswegen, weil sie auch blondiert und ihr Werner Fernfahrer immer im Ausland war mit seinem Lastwagen, allein auf der Landstraße und sie irgendwie trostlos.

Sie setzte ihre Menge in Gang, schnaufte die Treppe hinauf und schrie, dass sie die Großen ins Heim geben würde und uns hinterher, und dass sie sich verflucht, uns nicht alle schon vor Jahren an der Autobahnraststätte ausgesetzt zu haben oder dem Mann mitgegeben hat nach irgendeinem Ausland. Dann warf sie die Türen zu, dass der Putz rieselte. Gewundert hat das keinen. Im Haus knallten die Frauen enorm mit den Türen, das war vom Vermieter erlaubt, und einmal im Jahr standen die Männer mit Spachtelmasse im Flur herum und besserten es ein bisschen aus.

Einer der neuen Mieter kam uns hin und wieder im Treppenhaus entgegen. Er hatte so dunkle Haut wie ich.

– Mit dem ist etwas nicht in Ordnung, sagte meine Mutter.

– Er ist Italiener, sagte mein Vater.

– Er heißt Toni, sagte ich.

– Woher weißt du das?

– Ich war im Garten.

– Ach, im Garten war er?

– Er sagt, er braucht frisches Gemüse. Er pflanzt es. Er sagt, dass die Arbeit mit Erde so ehrlich ist wie Kinderkriegen, nur dass man nicht immer ehrlich zu Erde und Kindern kommt.

Man hätte die Luft schneiden können. Mein Vater stopfte mich mit Wörtern voll, und dann fielen sie mir zu den ungünstigsten Gelegenheiten wieder aus dem Kopf.

Kinderkriegen war einfach kein gutes Thema für den Appetit meiner Mutter, ich hätte es wissen müssen. Kinderkriegen lag ihr so schwer im Magen wie eine tödliche Portion Käsefondue. Sie war schlagartig satt. Sie schob ihren Teller von sich und sagte langsam, dass mein Vater keine Kinder kriegen könne, mein Vater sagte, meine Mutter könne es auch nicht, und von mir wisse man nicht, wie ich zustande gekommen sei. Meine Mutter sagte, ich hätte im Krankenhaus bereitgelegen, irgendwie auf Reisen, und ich hätte jederzeit abgeholt werden können, und weil das lange Zeit niemand getan hatte, wäre ich anderswo hingekommen, von wo sie mich herhätten. Punkt. Mein Vater seufzte, murmelte, dass er Zahnschmerzen hat, sagte, dass die Arbeit ruft, und sie sagte, ja, ja, geh nur, so leise, dass er es nicht hörte. Sie nahm eine Tablette gegen das Himmelelend, die nicht half. Sie legte sich hin, schickte mich in die Küche, um eine zweite Tablette zu holen, aber auch die nützte nicht, es wurde schlimmer. Sie erzählte, dass sie in meinem Alter auch auf Reisen gewesen war, weil Krieg herrschte. Frankreich war nicht mehr bewohnbar gewesen wegen der Deutschen. Es gab Bilder, die wollten ihr nicht aus dem Kopf. Nicht zu fassen, sagte sie, nach all den Jahren. Die Bilder blieben: solche von französischen Bahnhöfen, solche von Zügen. Bilder von Onkeln, die nicht da waren, wenn man sie brauchte, Häuser, die nicht da waren, wenn man sie brauchte, Häuser, die den Onkeln um die Ohren geflogen waren, den Tanten, den Onkeln, sogar einem Bruder, ein Kind noch. Alles in tausend Stücke, sagte sie. Alles. Die, die übrig geblieben waren, sie verstreuten sich in alle Länder. Die, die davonkamen, die wenigen, die Glück hatten. Und Verwandtschaft. Zum Beispiel hier. Blut ist dicker als Wasser. Nämlich: Nichts lässt der Krieg stehen, keinen Stein auf dem andern, kein Bild, wie es war. Vor allem das nicht. Nicht einmal tagsüber und nachts schon gar nicht.

– Sei froh, dass du nichts weißt vom Krieg, von dem die hier alle nichts wissen, sie haben keine Ahnung.

Sie sah mich an.

– Lass uns gehen.

– Wohin?

– Unter den größten Baum mit der besten Aussicht.

Dorthin hatte sie mich noch nie mitgenommen. Bis anhin war sie immer nur allein hingegangen und kam gut gelaunt zurück.

– Ich mach uns Brote.

– Und dann gehen wir in den Zoo?

– Meinetwegen.

– Und es gibt ein Eis?

– Und es gibt ein Eis.

– Und wir gehen auch zu Fast-ohne-Federn?

– Wenn du meinst: auch zu Fast-ohne-Federn.

– Ich nehme eine Orange mit für ihn.

Unter dem größten Baum mit der besten Aussicht gab nichts zu sehen außer Gräber. Meine Mutter war hochzufrieden. Als die letzte Kirchenglocke aufgehört hatte zu bimmeln, holte sie die Brote hervor und wickelte umständlich zwei aus.

– Von hier oben hat man wirklich den besten Blick. – Meine Beerdigung –

Brot krümelte auf ihre Kaninchenfelljacke, sie sprach mit vollem Mund.

– Auch eins?

Ich schüttelte den Kopf.

– Meine Beerdigung wird ein Ereignis, das kann ich dir garantieren. Blumen, so weit das Auge reicht, und mehr Kränze als bei der Nachbarin vom Erdgeschoss werden dort liegen. Sogar Peter Alexander schickt einen, und der größte ist von Gustav Knuth. Alle drängen zum Sarg. Man lässt ihn vorsichtig hinab, ganz vorsichtig, so vorsichtig, als würden sie eine seltene Blume pflanzen, genau so.

Im größten Baum hinter uns stritten sich Vögel. Sie hielt die Augen geschlossen, saß kerzengerade da wie vor der Höhensonne und breitete die Arme aus. Das Brotpapier flatterte fort.

– Und dann spielt die Blasmusik den Radetzky-Marsch. Und alle sind gekommen, alle. Ich habe eine sorgfältige Wahl getroffen, das kannst du mir glauben. Denk ja nicht, ich lade jeden ein, es gibt eine Liste, eine kleine, feine Auswahl, und trotzdem platzt der Friedhof aus allen Nähten. Sie stehen sich auf den Füßen herum, stehen bis zum Tor, manche stellen sich sogar auf andere Gräber, das des Hausmeisters sieht schon nach fünf Minuten aus, als hätte man es gepflügt, sogar das lausige Holzkreuz, von dem schon der Lack abgeblättert ist, hält nicht. Sieht ja keiner, wo er hintritt, so verheult, wie alle schon sind. Sie trampeln es in den Matsch. Als hätte nie eins da gestanden, als wäre es nie da gewesen, als wäre er nie da gewesen, unglaublich. Der von der Zeitung steht kopfschüttelnd da, macht ein Foto. Das hat's hier noch nie gegeben. Wenn man nur alle sehen könnte auf dem Bild. Dafür reicht die Linse im Fotoapparat nicht. Eine andere hat er nicht dabei. Er kommt ja nicht aus Hollywood. Ganz im Gegensatz zu Clark Gable. Der ist in letzter Minute angereist, Johannes Heesters und Cary Grant stehen schon schluchzend am Sarg, Clark ist völlig außer Atem, er verbirgt es gut, schließlich ist er Schauspieler. – Wenn du willst, kannst du dir ein Autogramm geben lassen.

Sie sah kurz auf mich herab, während sie ihr drittes Butterbrot auswickelte und dann die halbe Stadt umackern ließ für die Hotels der Gäste aus aller Welt, und als das Brot aus war, gab es noch eine Beerdigung am Fuß der Churfirsten mit Kapelle und einen meterlangen, weiß gedeckten Tisch mit Blick auf den Walensee, ein Herr Tony Curtis war begeistert. Dabei zog sie die Kaninchenfelljacke etwas enger um sich und setzte die Sonnenbrille auf, wie es sich gehört bei Beerdigungen.

– Der Pfarrer kriegt kaum ein Wort heraus. Was soll er auch sagen, allmählich dämmert ihm, er hat so etwas wie eine Erleuchtung, meine Güte, so ein Auflauf, die kommen alle, weil sie wissen, wen sie vor sich liegen haben, er –

– Bleiben die Toten für immer hier liegen?

– Was? Nein. Sie werfen sie weg. Nach fünfundzwanzig Jahren.

– Warum?

– Aus Platzgründen.

– Werf ich dich auch weg, wenn du fünfundzwanzig Jahre tot bist?

Meine Mutter öffnete die Augen und wischte sich Brotkrümel von der Kaninchenfelljacke. Sie sah mich an.

– Der Gärtner macht's.

– Und dann?

– Dann bleibt die Erinnerung.

– Kann man die auch wegwerfen?

– Nicht wirklich.

– Kann's der Gärtner?

– Der auch nicht.

Die Reihen der Steine und Kreuze waren lang, dazwischen Wege, orangefarbene Gießkannen, Brunnen, Bäume, die sich bogen. Im größten Baum rauschte es, und unten legten sich Blumen und Sträucher alle in dieselbe Richtung.

– Wann gehen wir in den Zoo?

– Bald.

Sie zündete sich eine Zigarette an, rauchte sie, zündete eine zweite an, schlug den Mantelkragen hoch. Ab und zu schüttelte sie den Kopf, sah mich von der Seite an, als wäre ich etwas Besonderes.

Der Zoo hatte keine Haie, bloß Karpfen, die man nur im Winter sehen konnte, weil im Sommer das Wasser trüb war von Algen und aufgeweichtem Brot. Es gab eine fette Schlange, die sich nie bewegte außer sonntags, wenn um halb drei Meerschweinchen in ihr verschwanden und sie dann aussah wie ein Autoreifen. Dann gab es zwei Affen mit Bärten und einen ausgestopften Löwen, der um 15.15 Uhr über Lautsprecher durch den ganzen Zoo brüllte. Es gab auch Wellensittiche, eine Meerschweinchenzucht, zwei Ziegen und einige Hasen, die sich verkrochen, wenn der Löwe um 15.15 Uhr brüllte.

Fast-ohne-Federn hieß auch Graupapagei und hatte einen Käfig für sich allein, ganz am Ende des Zoos. Der

Wärter nannte das *Voliere* und erklärte, dass Fast-ohne-Federn darin fliegen könnte, wenn er nicht aussehen würde wie ein gerupftes Huhn, das man eben aus dem Kühlschrank gezogen hatte. Er rupfte sich die Federn aus, seit der andere Graupapagei tot war. Heimlich, sagte der Wärter, nie, wenn einer zugegen ist.

Meine Mutter fürchtete sich vor ihm, fast so sehr wie vor Schwänen, weil er sich ganz nah an die Gitterstäbe schob und jeden mit einem seiner gelben Augen anglotzte, ohne zu blinzeln. Er war bekannt dafür, bewegungslos wie der ausgestopfte Löwe am Gitter zu hängen und in alle Finger zu hacken, die hineinfassten, bevor er den Kopf aufplusterte. Dann, hatte der Wärter gesagt, darfst du. Nicht vorher. Und komm mit einer Frucht.

Wenn ich nach ihm rief, fing er an, aufgeregt auf seinem Ast hin- und herzugehen, hüpfte an die Gitterstäbe, streckte einen Fuß und den Schnabel aus dem Käfig und gurrte wie eine Taube. Und für die steife Schlagsahne auf dem Erdbeereis, hatte der Wärter geflüstert, würde er sogar schießen lernen.

Beim ersten Mal knieten die von der Fürsorge sich vor mich hin und boten mir das Du an. Seit adoption in meiner Streichholzschachtel später lag, schauten sie vorbei, um nachzusehen, wie es mit mir voranging.

Ruth roch nach Äpfeln und war weniger als ein Viertel von Walter, der so außer Atem war, als hätte er den Weg zu uns im Galopp zurückgelegt. Er wischte sich das Gesicht mit einem Taschentuch ab, lehnte erschöpft an der Kredenz, nippte am Kaffee und trank sofort einen Liter Wasser, die Fürsorge schien mitten in der Wüste zu stehen. Er ließ Ruth die Fragen stellen und schrieb den Bericht. Ruth wollte wissen, ob es mir gut gehe, und ich rupfte im Garten frischen Löwenzahn aus, führte sie zum Hasenstall, zeigte ihr Schneewittchen, erzählte vom Zoo, und Ruth streichelte Schneewittchens Fell, ich zeigte ihr Vogel im Zimmer, und sie befühlte die Bettdecke, öffnete ein, zwei Wörterschachteln, schnupperte an den Vorhängen und ging zu Walter, welcher in der einen Hand den Apfel wog, der auf der Kredenz gelegen hatte. Es roch nach Bügelwäsche und Föhrenduft aus der Sprayflasche, Walter rannte sich mit gezücktem Bleistift an einer Fensterscheibe den Schädel ein, weil er sie nicht gesehen hatte, der Bleistift fiel ihm aus der Hand; er dachte wohl, uns ist das Glas ausgegangen, und das gehört in den Bericht. Er befummelte erst den roten Fleck an der Stirn, wischte die Schweißtropfen weg und nahm nickend das Wasser entgegen, das ihm meine Mutter hinstellte. Er nickte zu allem. Der kann nicht anders, flüsterte mein Vater, der ist ein Lamm trotz seiner Pranken. Wie Schraubstöcke. Der zerreibt rohe Kartoffeln mit einer Hand, sagte er, nicht ohne Neid.

Als meine Mutter ihnen die Schränke zeigte und sagte, sie dürften sie ruhig öffnen, winkte Ruth ab, sagte, ach, lassen Sie nur, und beide hörten ganz gespannt zu, obwohl meine Mutter nicht viel mehr sagte und ich noch weniger, und Walter schrieb auf, er schwitzte, er war ganz nass, und ich schwitzte wie Walter, ein bisschen mochte ich ihn.

Ruth stellte fest, dass zu wenig Vitamine im Haus waren. Meine Mutter führte sie wieder in den Garten, wo die Vitamine grade eben aus dem Boden schauten, und Walter schrieb das Rezept für ein Aufbaupräparat, das mein Wachstum fördern und meinen Kopf bei der Stange halten sollte.

Seit Ruth und Walter kamen, wischte meine Mutter auch die Fensterscheiben vom Tomatenhaus, sogar von drinnen sah man sie blitzen. Auch beim nächsten Mal setzten sie sich nicht hin, sie setzten sich nie, sie wanderten in der Wohnung herum. Hatten sie etwas mehr Ruhe, tranken sie im Stehen Kaffee, ließen die Augen wandern, und Walter nickte und nickte und nickte. Oder kratzte sich am Kopf, weil ich trotz Salat, frischen Vitaminen und dem Aufbaupräparat nicht wuchs. Er schaute auf einer Tabelle nach, mit welcher Größe ich geliefert worden war, und verglich es mit dem Maßband, das er vor meiner Nase vorbeizog.

Blaue Augen. Walter hatte blaue Augen. Fast so blau wie der Himmel bei Tat zu Hause, wenn die Sonne schien, fast so blau wie der Rhônegletscher, wie der Blausee und der Klöntalersee, wohin wir die Nachbarin gefahren hatten, damit sie Wind um die Nase bekommen konnte und Farbe ins Gesicht; so blau wie das Blau des Meeres auf Madame Jelisawetas Jugoslawienbildern an der Wand ihres Frisiersalons, so blau wie Badewasser mit Zusatz und so blau wie nasses Ajaxpulver, das meine Mutter verwendete, um das Bad sauber zu kriegen, bevor Ruth und Walter kamen, hellblau wie Tonis schönstes Hemd, so hellblau wie Werner Fernfahrers Auto, so blau, wie Eli manchmal machte.

Den Kopf hin und her wiegend, notierte Walter sich die Zahl in den *Akten*. Leute wie ich brauchen *Akten*, damit man uns sehen kann. Meine *Akte* fängt wie jede Akte vorne an, sagten Walter und Ruth, und nach hinten ist sie offen. Eigentlich, sagte Ruth, sind eure Akten *Listen*. Walter seufzte und nickte und wollte noch etwas Wasser haben.

Walter, der sich jedes Mal länger verabschiedete, jedes Mal mehr Wasser trank, es jedes Mal langsamer tat, seine Notizen immer wieder neu ordnete, den Bleistift verlegt hatte, ihn suchen musste, noch einmal schnaufend durch die Wohnung ging, da ist er ja! rief, dann seine Mappe suchte und feststellte, dass er etwas vergessen hatte aufzuschreiben, sich die Stirn abtupfte, dann den Bleistift ableckte und mit den Kiefern mahlte, während er schrieb, sich räusperte, um sich noch einmal zu verabschieden, dann auf seine Mappe klopfte zum Zeichen, dass er seine Siebensachen beisammenhatte, während Ruth vor der Tür auf und ab ging und mein Vater flüsterte:

– Rohe Kartoffeln! Ich sag's euch, der zerreibt rohe Kartoffeln mit einer Hand.

Dann fiel die Tür ins Schloss, meine Mutter machte das Licht aus, und zurück blieb Ruths Apfelgeruch.

Wir legten uns aufs Sofa. Das Zimmer zerfiel in Farben, in Blau und Rot und Orange, und aus allen Fenstern fiel Licht herein, alle Lichter hatten Höfe, nichts hatte Kanten, und die Küchenuhr tickte laut, wie immer, wenn ich die Brille abnahm. Ich drehte mich zu meiner Mutter hin, sie sah zur Decke.

– Wachse ich noch?

– Hm?

– Wachse ich noch?

– Du kommst ganz groß raus. Und an meine Beerdigung laden wir die nicht ein. Weder Ruth noch Walter.

Der Garten ist nichts für Weicheier, weil er nicht immer von Erfolg gekrönt ist. Er braucht richtig viel Regen, richtig viel Sonne, alles zur richtigen Zeit und alles in richtigen Portionen. Es braucht Glück, sagte mein Vater. Letzten Herbst hatte er keins, er musste alles unterackern. Eli sagte, er hätte in den zwei Tagen mehr schweizerdeutsche Flüche kennengelernt als in den letzten fünf Jahren auf dem Bau. Trotzdem konnte sich mein Vater im Garten erholen. Er fasste gern in die Erde, zerrte Steine und Wurzeln heraus und warf mit Kieseln nach Oskar, der im Nachbargarten nicht aufhörte zu bellen. Er stach die Beete in Rekordzeit um, ließ mich die Zeit mit der Stoppuhr messen, und wenn er summend den Hühnermist auf die Kürbispflanzen verteilte, sah es aus, als würze er sie.

Auf dem Fensterbrett trockneten Samen und Kerne. Es war verboten, die Fenster aufzureißen, weil dann außer Kürbissen und Äpfeln die Tomaten, Gurken und Zucchini durch die Luft flogen und das zukünftige Gemüse sich in die umliegenden Gärten verteilte, wo es vor den Augen meines Vaters verluderte und verkümmern musste. Meine Mutter verdrehte die Augen.

– Ich pass schon auf.

– Die Sonne bringt es an den Tag.

Die Sonne brachte es an den Tag. Er zuckte aus dem Klappstuhl hoch und schrie:

– Ich mach aus Oskar Wurst. Da! Seht euch das an.

Oskar pinkelte an eine Tomatenstaude, die über den Zaun geflogen sein musste. Sie war inzwischen so groß, dass Oskar sie beachtete. Mein Vater drehte sich nach meiner Mutter um.

– Das ist eine meiner Tomaten, die dort steht. Und warum? Weil du Frischluftfanatikerin bist. Weil du Frischluftfanatikerin bist, darf ich meine Tomaten im ganzen Quartier bewundern. Kann die Nase platt drücken an den Zäunen. Wer außer mir züchtet Ochsenherzen? Und dieses Mistvieh pisst an die Staude. Es ist ihm vollkommen einerlei, wo er hinpisst. Schau dir das an. Sie wird gelb, sie geht ein.

Wie auf Kommando tropften ein paar der grünen kleinen Tomaten zu Boden, und Oskar beschnüffelte sie neugierig.

– Ich fass es nicht. Oskar, aus!

Mein Vater schlug die Hände über dem Kopf zusammen und fiel wieder in den Klappstuhl zurück. Dass er nicht auseinanderbrach, war ein Wunder. Er schnauzte mich an:

– Was gibt's zu glotzen? Hol mir ein Bier. Herrgott noch mal, nicht mal als Tomate kann man etwas werden in diesem Land! Kaum schaust du aus dem Boden, pisst dir einer ins Gesicht.

Oskar und die wilden Tomaten waren nicht das Einzige, was meinem Vater zu schaffen machte. Alles Mögliche wollte ihm ans Gemüse: zu viel Regen, zu viel Sonne, Raupen und Ameisen, Läuse und Schnecken. Auf den blauen Körnern, die er ihnen großzügig streute, krümmten sie sich, schäumten und schmolzen zu einem Brei, den der Regen wegwusch. Die Läuse vertrieb er mit einer stinkenden Brennnesselsuppe, in der nach zwei Wochen winzige Würmer zuckten. Damit überschüttete er auch Salatdiebe. Mit allem wurde er fertig, einzig Mehltau war nicht kleinzukriegen. Wir standen zu dritt im Garten.

– Gegen die Sonne kannst du angießen, am Morgen und am Abend. Den Regen kannst du verfluchen, irgendwann wird er schon aufhören, Wehe aber, wenn dann die Luft zu feucht bleibt: Mehltau. Und der bleibt.

– Schreibst du mir *Mehltau* auf?

– Wird Zeit, dass du richtig schreiben lernst.

– Wir hatten schon A bis D. Morgen malen wir E. Der Lehrer hat es versprochen.

Eli legte den Spaten bei mir an und machte mit einem Stein eine Kerbe im Griff. Toni wischte sich die Hände an seiner Hose ab und strich mir über den Kopf.

– Sie ist etwas klein für ihr Alter.

– Das sagen die vom Amt auch, ich geb nicht viel drauf. Haben die eine Ahnung von Gartenbau? Die wird schon noch wachsen.

Mein Vater machte die Bleistiftspitze nass und schrieb. Er schüttelte den Kopf.

– Gegen Mehltau ist einfach kein Kraut gewachsen. Außerdem wird der Zahn immer schlimmer.

An Schneewittchens Stall gelehnt, sperrte er seinen Mund auf und ließ sich hineinschauen.

– Welcher ist es?

– Es tun alle weh.

Toni stocherte mit dem Zeigefinger im Mund meines Vaters herum, bis er aufschrie.

– Lass mich los.

– Nelken. Du musst Nelken kauen.

MEHLTAU legte ich in die Wörterschachtel KRANKHEITEN, ZU GRIPPE, KREBS, HIMMELELEND, ZAHNSCHMERZEN und LIEBESKUMMER.

NELKEN kam in die Schachtel BLUMEN, aber mein Vater schüttelte den Kopf. Er sagte: Sowohl als auch, und deutete auf die Schachtel GEWÜRZE. Er steckte sich welche in den Mund. Weil er nicht mehr schreiben mochte, lag NEL in BLUMEN und KEN in GEWÜRZE. Am Abend brachte er mir eine winzige neue Schachtel nur für NELKEN ans Bett. Er hatte sie bereits beschriftet.

– Was steht drauf?

– EINMALIG. Ob Toni auch ein Mittel gegen Mehltau hat?

Weil sie sich im Garten auf Italienisch so gut vertrugen, nahm mein Vater Toni mit nach Hause. Sie tauschten Gemüse. Meine Mutter ließ es so lange im Kühlschrank liegen, bis sie es herauswischen konnte. Sie konnte Toni nicht leiden. Auch er hat das Himmelelend, und meine Mutter war nicht scharf drauf, sie hatte ihr eigenes, und Oliven mochte sie schon gar nicht.

– Von dort?

Sie deutete auf das Glas, das er auf den Tisch gestellt hatte.

– Ja, von zu Hause. Der Brand hat nur zwei Bäume stehen lassen. Vom ganzen Wald nur diese zwei Bäume.

Das Glas in den Händen drehend, schaute er auf den Tisch und sagte, dass manchmal in ihm drin das Ausland ein einziger Abgrund ist. Meine Mutter nickte.

– Das Ausland kenn ich.

In diesen Dingen war sie Weltreisende. Meine Mutter hatte sich nach ihrem Tod auch schon aus der Dose in die Karibik streuen lassen, und Errol Flynn hatte Blumen geschickt.

Die Schweiz hat Pläne. Und eins war sicher: Eli durfte nicht mitmischen. Bloß Beton mischte er. Die Mauer, zu der Eli hochguckte, war grad in einer heiklen Phase, und sein Vorarbeiter war es auch: Eli musste sich sputen. Ungeduldig zerrte er an der Plastikplane herum, die er auf dem Boden ausbreitete.

– Geh nach Hause.

– Ich kann nicht.

– Porque? Warum denn nicht?

Bei uns war der Haussegen nicht in Ordnung. Die Blondierte sagte, er wäre bis auf die Straße zu hören. Die Schweiz hatte Pläne, die meinen Vater völlig aus der Fassung brachten. Er knallte mit den Türen, meine Mutter ging ihm hinterher und schlug die Fenster zu, die mein Vater vorher aufgerissen hatte. Schon seit Tagen ging es so.

– Warum machen sie das?

Er hielt mir eine Schaufel hin.

– Halt mal.

– Sag schon.

– Weil sie nicht einer Meinung sind.

– Mein Vater sagt, die Schweiz hat Pläne.

– Pläne? Was für Pläne denn?

– Das musst du mir erklären. Die Blondierte will nichts dazu sagen, sagt, sie versteht nichts von *Politik*. Was ist *Politik*?

– Ich hab jetzt keine Zeit, siehst du doch.

Er deutete auf einen Stapel Zementsäcke. Eli nahm sich einen, er schwang ihn mit einem Arm auf seinen Rücken, das konnte sonst keiner, und als er ihn neben mir auf den Boden fallen ließ, platzte der Sack, und wir standen in einer Wolke aus Staub, die sich nur langsam legte. Eli nahm mir die Schaufel aus der Hand.

– Wie siehst du denn aus?

– Was ist mit *Politik*?

– Lass mich in Ruhe damit. Ich hab wirklich schon genug Ärger.

– Aber es ist wichtig. Wegen der *Abstimmung*. Was ist eine *Abstimmung*? Was ist *Initiative*? Und was ist eine *Überfremdung*? Ich darf das Wort zu Hause nicht sagen, mein Vater hat deswegen schon das Radio zerhackt. Jetzt haben wir kein Radio mehr, und unsere Türen machen es nicht mehr lange, sagt die Blondierte. Wenn wir so weitermachen, sagt sie, stürzt auch das Haus noch ein. Das ist meiner Mutter aber egal. Sie will sowieso wegfahren mit mir. Sie sagt, mit einem kaputten Haussegen will sie nicht leben und in einer kaputten *Demokratie* auch nicht, wo sie noch nicht mal zu Hause ihre Meinung sagen kann. Was ist *Demokratie*, und was ist *Politik*?

Man muss hartnäckig bleiben, wenn man in diesem Land etwas will, hatte Eli selbst gesagt, vor allem, wenn man sich nicht sicher ist, ob man bleiben kann. Das ist eine weltweite Abmachung unter denen, die nicht touristisch unterwegs sind, sondern Hals über Kopf in ein begehrtes Ausland rennen, weil ihnen der Arsch zu Hause auf Grundeis geht, aus so vielen verschiedenen Gründen wie Oskar Haare hat, sagt Eli. Sie können ein Lied davon singen, er und seine Kumpel.

– Was ist jetzt mit der Schweiz, und was ist *Politik*?

Eli seufzte, er machte eine Kuhle in den Zement, legte die Schaufel hin und zog mich hinter das Wanderklo, das im Minutentakt wackelte und rauschte, es war Pause.

– Die Schweiz fragt sich, wie viele Ausländer sie hier haben möchte. Das heißt, James Schwarzenbach fragt das die Schweizer. Wir sind zu viele, findet Schwarzenbach.

– Wer ist Schwarzenbach? Sie reden über ihn. Alle. Meine Mutter, Toni – und mein Vater bekommt vor Wut eine weiße Nase, allein, wenn er an ihn denkt. Er sagt, Schwarzenbach fährt die Schweiz komplett an die Wand und ruiniert seine Ehe. Er sagt, Schwarzenbach ist Brandstifter von Beruf und behauptet aber, in der Feuerwehr zu sein.

– Er ist Politiker. Er will, dass die Schweiz darüber abstimmt, wie viele Ausländer in der Schweiz sein dürfen, wie viele von uns bleiben können.

– Was ist *Initiative*? Und *Überfremdung*?

– Hab ich dir doch grade alles erklärt.

– Hast du nicht. Und *Politik* auch nicht und *Demokratie*.

– Dein Großvater jedenfalls sagt, hab ich gehört, dass *Demokratie* keine Geschmacksfrage ist oder etwas, mit dem man sich persönlich wichtig machen kann, auch wenn sich das Leute wie Schwarzenbach einbilden.

Eli sah sich nach dem Vorarbeiter um. Er bückte sich nach der Schaufel und kratzte ein bisschen Dreck zusammen, matschte alles in einer Pfütze zu einem braungrauen Brei. Es hatte angefangen zu regnen, er schlug den Kragen hoch, er schlug meinen hoch und strich mir das nasse Haar aus dem Gesicht.

– Geh jetzt nach Hause. Wir sehen uns später.

Es gibt Wörter, zu denen das dickste Lexikon neben meinem Bett etwas sagt, das nichts sagt. Das zeigt die Erfahrung.

Es regnete Nudeln und Gulaschsaft, noch bevor der Teller an die Wand ging. Mein Vater war wütender als der Hund der Chefin, wenn der Postbote aufkreuzte, der ihm die Wurst mit Stacheldraht verfüttert hatte. Eine Zeitung machte ihn wütend, und meine Mutter trieb ihn zur Weißglut. Sie hatten ein *Thema*.

Thema: Etwas, zu dem ich nicht gefragt war. THEMA lag in der Zukunftswörterschachtel. Ich hatte noch kein THEMA. Ich war bloß eines, immer wieder, nur jetzt nicht. Jetzt ist es James Schwarzenbach, mein Vater oder meine Mutter. Je nachdem. Das ist *Ansichtssache*.

Ansichtssache: Auch kein Thema für mich.

Thema sind Wörter, die den Ausländern im Genick sitzen, und was viel schlimmer ist, sagt meine Mutter:

Die Ausländer sitzen uns im Genick, weil sie inzwischen viele sind, mit ihren Koffern aus Italien, die Schweiz hat sich herumgesprochen, und mein Vater sagt, dass Schwarzenbach sagt, dass das der Grund ist für *Überfremdung*, die *Überfremdung* der Grund für die *Initiative*, und weil die Erfolg hatte, gibt es nun *Die Abstimmung*. Ich rief Tat an, damit er mir die Wörter erklären konnte, aber er hörte gar nicht hin, sondern brüllte gleich in den Hörer, dass *Initiativen* und *Abstimmungen* allmählich zum Sport von *profilierungssüchtigen Halbstarken aus dem rechten Lager* verkommen würden und dazu, dass sich die Schweizer an der *Urne* die Meinung sagten, anstatt über *Politik* erst nachzudenken und über *Konsequenzen*. Der Rest war nicht zu verstehen, und er hängte ein, weil ihm bestimmt wieder sein Gebiss aus dem Mund gefallen war. Ich beschloss, sofort über *Politik* nachzudenken, sobald mir jemand sagen konnte, was es ist.

Wenn mein Vater könnte, sagt er, würde er im Dauerlauf hinrennen und so oft es geht seine Stimme gegen diesen Schwarzenbach abgeben, der an allem schuld ist: dass er schreien muss, dass er seit einer Woche auf dem Sofa schlafen muss, dass er nicht schläft auf dem Sofa, dass er trinken muss, weil er nicht im Bett schlafen darf, dass er das Sofa nicht findet, weil er getrunken hat, dass er auf dem Küchenboden schlafen muss und auch dort nicht schläft, keine Minute.

– 1970!, brüllt er durch die Küche. Merk es dir! Dieses Industriellensöhnchen, das als Millionär behauptet, einer von uns zu sein. Einer, der noch nie in seinem Leben einen Streich gerührt hat, der es nie nötig hatte zu arbeiten, dem es auch nicht in den Sinn kam – so einer behauptet, unsere Interessen zu vertreten. Woher kennt er die denn? Na los, sag schon! – Wenn dieser Pinsel mit seinem Vorschlag nämlich durchkommt, gehen Eli und Toni nach Hause, gehen Dejan und Mirela nach Hause, dann kannst du dir Ajvar, Schafskäse und Milchbrot an den Hut stecken und alles andere auch, dann gehen 300 000 Ausländer dahin zurück, wo sie herkommen, lassen halbfertige Häuser stehen, aufgerissene Straßen, verlassen die Küchen, die Hotels, die Wäschereien und Gleise, die Gießereien, die Maschinenfabriken. Schwarzenbach fährt sie so an die Wand, er fährt die Schweiz an die Wand, das schwör ich dir. Um das zu sehen, braucht man kein Studium. Lies es doch nach, was er will, lies es nach in seinem eigenen Käseblatt.

Meine Mutter wollte etwas sagen, aber mein Vater brüllte, dass er noch nicht fertig ist mit ihr und mit Schwarzenbach sowieso nicht.

– Der und seine sympathisierende Bande: Sieh sie dir an, jetzt reißen sie das Maul auf, sehen ihre Chance gekommen, machen Politik, machten damals gegen Hitler bloß die magere Faust in der Tasche der Offiziershose. Während die andere Hand ganz dem Geschäft verpflichtet blieb, dem Gewinn, und das ohne aktiv beteiligt zu sein am Krieg, und schließlich erst recht nicht daran, dass die Grenzen für die dicht waren, die es sich nicht leisten konnten, erst Reichsfluchtsteuer zu zahlen und dann die Schlepper – soll mir bloß keiner anders kommen. Es reichte, eine andere Meinung zu haben, um es auf die Liste derer zu schaffen, die man als Erstes erschossen hätte. Willst du die sehen? Tat soll sie dir zeigen nächsten Sonntag. Sein Name stand da drauf. Es wäre der Schuhmacher aus dem Nachbardorf gewesen, der geschossen hätte. Ein Schuhmacher! Ein Schumacher, dessen Traum es war, in St. Gallen für die Industriellen der Stickereien Herrenschuhe zu machen. Der hatte noch nie ein Rückgrat, der hätte mit seinen Schuhen gern die Füße von denen geküsst, die dafür vorgesehen waren, etwas zu werden, oder schon etwas waren. Aber egal. Schwamm drüber, ist ja alles Geschichte, nicht? Jetzt aber schreit dieser Schwarzenbach aus jedem Festzelt, in das man ihn eingeladen hat, dass wieder welche keinen Platz haben hier, dass sie wieder gehen sollen, gehen müssen, und seine Gefolgschaft schreit, dass auch die besser gleich gehen sollten, die nicht dieser Meinung sind. Und das gegen die Empfehlung der gesamten Regierung. Da steht's.

Er fuchtelte mit der Zeitung, er tippte mit dem Finger auf Unterlagen, die die Schweiz in alle Haushalte geschickt hatte und die meine Mutter nicht lesen wollte.

– Die machen so oder so, was sie wollen.

– Das hoffe ich in diesem Fall.

– Ich hab dazu nichts zu sagen. Ich kann ja noch nicht mal wählen gehen. Das ist die Demokratie, für die du dich so aufplusterst.

Die Schweiz traut nicht allen. Sie ist wählerisch. Schon bei den Frauen fängt es an, hatte die Blondierte gesagt.

Vom Tisch tropfte Gulaschsaft, in der Lampenschale lag Brot, auf der Glühbirne rauchten Nudeln, und meine Mutter begann, langsam die Wand zu wischen, während mein Vater sich den Kopf kratzte und zur Lampe hinaufsah.

– Weshalb gibt's eigentlich Nudeln zum Gulasch?

– Weil die Kartoffeln aus sind.

Es war eine Weile still, und meine Mutter zündete sich eine Zigarette an und schmiss den Putzlappen in eine Ecke.

– Diese Demokratie kann mich mal.

– Die Nudeln brennen gleich.

– Dann hol sie runter. Und nimm auch gleich das Brot aus der Lampenschale.

Den Stuhl in der Hand, stieg mein Vater auf den Tisch, schob mit dem Fuß zusammen, was dort noch herumstand, und kletterte auf den Stuhl.

– Trotzdem: Was ist das für ein Land, in dem Schwarzenbach und Konsorten mit der Angst der Leute spielen, mit ihrer Angst ihr Geld machen – und das nach so einem Krieg.

– Als ob du den miterlebt hättest. Der Schuhmacher hat nicht geschossen. Hier hat niemand geschossen, keiner ist erschossen worden oder flog in die Luft, nichts ist kaputtgegangen, niemand musste fort von hier, jeder blieb zu Hause, keiner saß in Kellern fest, wenn's überhaupt welche gab, in die man sich verkriechen konnte. Keiner ist irgendwo verhungert oder erfroren oder gestorben vor Angst.

– Gott sei Dank! Und Tat, Tat hat bloß Schwein gehabt, weniger als Grüninger, das weißt du so gut wie ich. Am Zoll zu stehen und nachts Menschen und Waren über den Rhein aus Österreich in die Schweiz zu verschieben. Und gerade deshalb: Was ist das für ein Land, in dem Leute jenen zuklatschen, die mit Meinungen zündeln, denen außer Feuer im Dach nichts heilig ist und die dabei auch noch die Frechheit haben, das unsere Freiheit zu nennen?

– Wir müssen zusammenhalten.

– Ach ja? Was müssen wir denn zusammenhalten? Ich sag's dir gern, was wir zusammenhalten müssen: ihr Geld. Sonst nichts. Dafür geben sie sogar die Demokratie her, dafür treten sie sie mit Füßen, weil sie ihnen im Grunde scheißegal ist.

– Es sind viele Ausländer, musst du zugeben. Die wachsen uns noch mal über den Kopf.

Mein Vater stellte das Glas langsam ab und wurde ganz leise.

– So? Dass uns bloß Schwarzenbach und Schwarzenbachs nicht über den Kopf wachsen. Du müsstest es doch wissen. Du musstest doch fort aus Frankreich, weil Hitler es in Schutt und Asche legte, um es zu befreien.

Mein Vater kehrte die Scherben zusammen, er stand auf und warf die Schaufel mit den Scherben an die Wand, allerdings an eine andere als die, die meine Mutter grade gewischt hatte. Er schrie, dass Überfremdung und Schwachsinn ein und dasselbe sind und dass ihm eins nicht in den Kopf will: warum er so einen Schwachsinn von einer halben Französin hören musste, und sie rechnete ihm vor, was ist, wenn unser Zoll umfällt und sich das Ausland in die Schweiz ergießt. Auch als Französin will sie das nicht, als halbe Französin, denn immerhin ist sie auch halbe Schweizerin. Und wenn es nach dem italienischen Essen ginge, müsste sie vor einem vollen Teller verhungern; deren Essen ist so lang, dass man es um die Gabel wickeln muss. Und sie könnte überhaupt verhungern, weil es keine Arbeit gibt für ihn, der zwei linke Hände hat, wenn's ums Geld geht. Und dann die Sprachen – erst die Italiener und halb Jugoslawien, ein bisschen Türkei – und dann kommen die Chinesen, und wir essen Ćevapčići mit Stäbchen.

– Außerdem: Du hast ja die Nazis mit Lebensmittelmarken in der Schweiz verschlafen. Ich will nichts gesagt haben: ist ja jetzt alles vorbei, endlich vorbei, und ich weiß wirklich, wovon ich rede. – Überfremdung ist nicht Schwachsinn, sondern Tatsache. Fängt hier schon im Stiegenhaus an. Riecht doch schon so.

Überfremdung. Initiative. Abstimmung. Drei Wörter, ein *Thema*, keine *Ansichtssache*:

– *Überzeugung*, sagt Eli.

Sein Seufzer ist länger als der Fluss, an dem wir wohnen.

WIR GINGEN OFT IN der Stadt spazieren, besonders am Sonntag, wenn mein Vater uns zum Bummeln ausführte, weil das billig war. Meine Mutter ging mit mir auch allein in der Stadt spazieren. Sie sagte, dass mir das gut tut. Obwohl ich davon nichts mitbekam, vertraute ich ihr, da mir meine Gefühlswelt noch nicht erschlossen war, wie sie mir in einem Gespräch von Frau zu Frau erklärte. Manchmal besuchten wir den größten Baum mit der besten Aussicht und gingen danach in den kleinen Zoo zu Fast-ohne-Federn, er brauchte regelmäßig seine Orange. Wegen der Vitamine.

Seit einiger Zeit erzählte meine Mutter jedoch nicht mehr viel während der Spaziergänge. Beim Bummeln starrte sie in die Luft und schaute sich die Auslagen in den Schaufenstern nicht an. Dreimal schon hatte ich ihr das rote Fahrrad gezeigt, das ich mir so sehr wünschte, und dreimal sah sie es sich an, als hätte sie es noch nie gesehen. Auf der Bank mit der besten Aussicht breitete meine Mutter die kleine Decke aus und setzte sich in ihrem schönsten geblümten Kleid hin. Die Butterbrote packte sie noch nicht einmal aus.

– Mir fällt nichts ein.

Dann schaute sie in die Sonne, ohne zu blinzeln. Ihre

Sonnenbrille hatte sie vergessen. Ich machte mir von Frau zu Frau Sorgen um sie, ich wurde unruhig, und unruhig zu werden bedeutete für mich immer Ärger, weil ich bestimmt bald darauf Probleme machte, die bei andern Kindern genäht werden mussten. Dass wir danach überhaupt zum kleinen Zoo gingen, war ein Wunder. Ich hatte ihr deswegen meine schönsten Augen gemacht. Schon zwei Wochen musste Fast-ohne-Federn auf seine Orange warten, er war bestimmt schon ganz ohne Vitamine, Ruth hätte die Brauen hochgezogen, und Walter hätte den Bleistift nass gemacht und es aufgeschrieben.

In der hintersten Ecke seines Käfigs machte sich Fast-ohne-Federn an seiner letzten Schwanzfeder zu schaffen. Ich schälte ihm die Orange und hielt sie ihm hin. Es dauerte eine ganze Weile, bis er zu den Gitterstäben kam und nach dem Schnitz griff. Er kleckerte mit Saft, sträubte die wenigen Federn im Nacken, ließ sich kraulen und pfiff so laut, dass der Wärter kam und grinste.

– Gab's Eis?

Fast-ohne-Federn und ich hätten uns eine Menge zu erzählen gehabt, wenn meine Mutter nicht so ungeduldig gewesen wäre. Als hätte sie etwas gestochen, ging sie vor der Voliere auf und ab und kramte in ihrer Handtasche.

– Lass uns noch auf einen Sprung zu Toni gehen. Wo hab ich nur meine Hausschlüssel?

– Ich hab sie.

– Gib sie mir. Da ist der Schlüssel von Tonis Wohnung auch grad mit dran.

– Du hast einen Schlüssel von Tonis Wohnung?

– Wegen der Blumen.

– Hat Toni Blumen?

– Komm jetzt. Milch müssen wir auch noch holen.

– Hab ich doch gestern. Hast du mir gestern gesagt. Heut ist Sonntag.

– Dann lass uns zu Toni gehen.

Der Wärter klopfte mir auf die Schultern.

– Geh nur. Ich schau nach ihm.

Er machte ein paar Knackslaute, streckte einen Finger in den Käfig und nickte meiner Mutter zu. Fast-ohne-Federn fing an zu schnurren wie eine Katze, und als ihn meine Mutter fragend anschaute, zuckte der Wärter mit den Schultern.

– Das hat er von Queequeg, einem Kater, den wir im Nachbargehege einquartiert hatten für ein paar Monate. Ist Jahre her. Wurde unten am Fluss angeschwemmt. Völlig verhungert und verwahrlost. Total verschreckt. Hatte Krallen wie ein Großer. Wir haben ihn aufgepäppelt. Seither schnurrt der Vogel.

– Wie heißt er eigentlich?

– Seit damals? Ismael. Und vorher – keine Ahnung. So lange bin ich noch nicht hier.

Toni konnte nur Spaghetti, Salat und belegte Brote, aber seine Spaghetti waren die besten, und er schmierte die Brote, auf denen er so viel Fleisch, Käse, Tomaten, Gurken, eingelegtes Gemüse und Oliven stapelte, bis es unmöglich war, sie in den Mund zu kriegen.

Diesmal stellte er Sonnenblumenkerne und einen Krug Wasser auf den Tisch und brachte aus dem Schlafzimmer einen dicken Stapel Bücher.

– Fotos von zu Hause.

Wir setzten uns auf das Sofa. Links meine Mutter, rechts Toni und ich dazwischen, ein Fotoalbum auf den Knien. Ich durfte seine dunkelbraunen Locken anfassen, und er trug wie jeden Sonntag sein hellblaues Hemd, mit dem er aussah wie ein Filmstar. Er erklärte die Fotos in einem Deutsch, das ich nicht gut verstand. Dejan und Mirela redeten nicht so, Eli auch nicht, nur dass der manchmal mit den Händen in den Taschen wühlte, wenn er ein Wort nicht fand. Die Ecken des Albums waren rissig, und die Fotos hatten Flecken. Kein Wunder: Toni pulte die Bilder ungeduldig aus den Fotoecken und ging mit ihnen herum, kam wieder her, zeigte mit dem Finger auf alles, was drauf war, auch auf alles, was alles nicht drauf war, was davorstand und dahinter, was anders ist, was nicht mehr ist, zum Beispiel Verwandte oder Farbe. Die Beschreibung von Farben auf schwarzweißen Bildern war ihm besonders wichtig.

Giallo: Das Gelb des Abendlichts, das nichts mit dem Gelb auf dem Foto zu tun hat, das in Wirklichkeit ganz aus Gold ist. Oro, das in Italienisch wie in Spanisch dasselbe ist und trotzdem unvergleichlich. Dieses Gold ist kein internationales, es ist ein persönliches, es ist eine Angelegenheit des Herzens. Man verzeiht ihm auch, dass es tagsüber brennt, dass es die Landschaft zum Kochen bringt, die Luft zum Zittern, dass sie siedend heiß ist und sich über Mittag alle schlafen legen: die Italiener, die italienischen Hunde, die italienischen Katzen, die italienischen Fliegen, der Markt, die einheimischen und eingewanderten Bäume, der Wind, der aus Afrika kommt, so heiß, dass alle Siesta machen, Ferien für ein paar Stunden, und man hört bloß die Ventilatoren und die Idioten aus dem vergitterten Krankenhaus, hinter dem die Tomaten stehen, bis der Himmel anfängt, nichts als Blau über dem Grün und dem Rot. Die Luft, sagte Toni, wird erst am Abend ruhiger und bringt wieder Wind aus Afrika, vermutlich aus einer anderen Ecke, denn der weckt die Italiener und treibt sie in die Küche, auf die Dächer und auf den Markt, zur Arbeit und in die Kirche.

Blu: Er holte eine Tomatendose aus der Küche, hatte viele davon, seit er sie im Einkaufszentrum entdeckt hatte. Das Blau auf dem Etikett, schwor er, ein Blau wie zu Hause am Himmel. Und an den Zweigen der Tomaten das Grün, das den Geruch – schwitzt?

– Ausschwitzt.

– … den Geruch ausschwitzt, an dem man die Pflücker erkennt: verde.

Toni konnte Grün riechen. Grün roch bitter.

– Wie das Ende einen Gurke?

– Mehr noch wie ein Gewürz.

– Und wenn die Sonne fort ist?

– In der Nacht das Weiß vom Käse. *Mozzarella*. Vollmond im Teller und Zikadenlärm.

Wie lange wir wohl schon bei Toni saßen? Er hatte eine Weile nichts gesagt, wir knabberten Sonnenblumenkerne, und er schaufelte die salzigen Hülsen zu einem großen Haufen. Der Krug Wasser war leer. Hin und wieder sah er meine Mutter an. Und ich Toni.

Wie klein die Fotos waren, wie glatt. Als er sie zurück ins Album klemmte, war ich erstaunt, dass sie nicht singen konnten, dass sie nicht rauschten, nicht hupten, nicht lachten, summten oder knatterten, dass da keiner schlief und keiner rannte, dass die Bilder nicht die Luft verpesteten und nicht rochen, außer nach dem Schrank, in dem sie lagen, und nach Zitrone wie Toni. Wenn ich so alt sein würde wie Toni, wollte ich auch nach Zitrone riechen und Locken haben und hellblaue Hemden tragen, mit denen ich aussehen würde wie ein Filmstar, und zwar die ganze Woche über, nicht bloß am Sonntag. Das hatte ich mir fest vorgenommen.

– Du fährst weg?

Meine Mutter deutete auf den riesigen Koffer und die drei Kartons, die bereitstanden.

– Ja. Morgen schon. Viel früher als geplant. Meiner Mutter geht es nicht gut. Gar nicht gut.

– Ach.

– Und ich muss sehen, wie es mit dem Haus vorwärtsgeht.

– Ein Haus?

Das interessierte meine Mutter sehr. Sie bekam endlich wieder etwas Farbe. Meine Mutter fand Häuser bauen großartig. Häuser kamen in Mode.

– Ja, das meines Bruders. Er arbeitet in Deutschland. Will nach Hause. Irgendwann.

– Und du?

Er zuckte mit den Schultern.

– Bin ich hier, will ich zurück. Bin ich in Italien, will ich hierher zurück. Das ist noch nicht lange so.

Das geblümte Kleid stand meiner Mutter hervorragend. Rote und rosarote große Blumen auf weißem Grund. Ihr Haar hatte sie sich gestern von Madame Jelisaweta frisch schneiden lassen, und jetzt, wo sie noch etwas mehr Farbe bekam und sie ein bisschen lächelte, sah sie aus wie aus einer Werbung für Zahnpasta, Haarshampoo, Lippenstift, Hautcreme, Parfüm und Mode. Blinzeln, sagte Tat, einmal blinzeln, und wenn ich Glück hatte, würde das Bild im Kopf bleiben für immer.

– Spaghetti?

Ich nickte.

– Dann Verstecken spielen.

– Bis unters Bett?

– Bis unters Bett. Aber erst muss ich telefonieren. Es dauert nicht lang.

Seit Toni in der Schweiz arbeitete, hatte er entsetzlich hohe Telefonrechnungen, in San Marzano rauchten die Leitungen über den Tomaten und schlotterten im Wind, sagte er, und hier passen die Rechnungen kaum durch den Postkastenschlitz. Toni war auch ein Habenichts, sagte mein Vater. Wie wir. Fast. Bei dem gibt's nichts zu holen, sagte der Postbote. Der gießt am Morgen Plastik in Förmchen und prüft sie am Nachmittag auf Herz und Nieren. Am Abend aber ging Toni manchmal in eine andere Fabrik, wo er eine dicke Brille, mehrere Schichten Kleider, Handschuhe und eine Schürze trug und mit einer Zange alles, was man ihm brachte, in eine Wanne tauchte musste.

– Was drin ist, weiß ich nicht, sagte Toni, es löst Fett, sagen sie, und macht Löcher in die Kleider, aber es bringt gutes Geld. Ist gar nicht mal schlecht, die Verzinkerei. Eine gute Fabrik. Gute Leute. Meine Leute. Viele von uns.

Einmal war ihm etwas von der Zange gefallen, es spritzte, und seine Kleider sahen hinterher aus, als hätte Old Shatterhand seinen Bärentöter mindestens zehnmal auf ihn abgefeuert. Meine Mutter war völlig aus dem Häuschen gewesen deshalb.

– Das ist ja lebensgefährlich, furchtbar. Du musst aufhören damit.

Dabei streichelte sie die Stofffetzen wie Schneewittchens Fell. Das hätte mir mal passieren müssen. Beim kleinsten Loch in der Hose machte sie einen Aufstand, und sie drohte mir an, mir die Wörterschachteln wegzusperren für eine Woche. Wenn ich erst Filmstar war, wollte ich mir für gutes Geld die Kleider zerlöchern lassen. Auch das nahm ich mir vor.

– Mit Toni ist etwas nicht in Ordnung, sagte mein Vater.

– Er ist Italiener, sagte meine Mutter.

Als er mit Eli beim Hasenstall ein Bier trank, wunderte er sich immer noch darüber, was sie geantwortet hatte, aber er freute sich über etwas, das er ihren *Sinneswandel* nannte. Eli sagte, dass die Abstimmung grade noch mal gut ausgegangen ist. 54 zu 46: in Prozenten ein knappes Resultat.

– Was ist *Sinneswandel*?

– Das musst du noch nicht wissen.

– Nun sei nicht so.

Eli stieß meinen Vater in die Seite.

– Eli, was ist *Prozente*? Schreibst du's mir auf?

Er schrieb: *Prozente*, und mein Vater öffnete noch eine Flasche Bier, auch die mit Prozenten drin, wie er sagte. Eli lud meinen Vater zu so viel Prozenten ein, dass er wieder auf dem Sofa schlafen musste und meine Mutter sich lange nicht beruhigen konnte. Bestimmt war der Haussegen wieder bis auf die Straße zu hören.

Ich legte PROZENTE auf den Tisch. Ob in Abstimmungen oder in Bier: Sie machten Probleme. Eine Wörterschachtel PROBLEME wollte mein Vater auf keinen Fall haben. Sie hätte allerhöchstens in der Werkstatt oder in der Garage Platz gehabt, und anschauen mochte er sie erst recht nicht immer.

Vier Orangen waren verfault, ohne dass wir in den Zoo gegangen waren. Jede hatte meine Mutter weggeworfen, wenn sie rochen und die Fliegen drauf saßen. Gerade wegen Ruth und Walter machten sich verfaulte Orangen nicht gut. Muffige Luft, Fliegen und Fliegenscheiße waren ganz schlecht, und den allerschlechtesten Eindruck machte mit Sicherheit ein Himmelelend, wie es meine Mutter grade hatte. Sie brach ohne Grund in Tränen aus. Ich dachte an Fast-ohne-Federn, brach auch in Tränen aus, und mein Vater schlug die Hände über dem Kopf zusammen, knallte mit den Türen wie vor einer Abstimmung und ging in den Garten. Es war still.

– Können wir nicht zu Fast-ohne-Federn gehen und zum Baum mit der schönsten Aussicht?

Nichts.

– Kann ich die Vorhänge aufziehen?

Nichts.

– Möchtest du deine Tabletten?

Mein Vater ließ draußen den Rasenmäher anspringen. Ich holte die Taschenlampe und nahm mir die Fingerabdrücke im Malkasten. Eli hatte gesagt, dass sie eine Person eindeutig beweisen und dass die Polizei darauf schwört. Meine Mutter hörte Oskar eine Stunde lang zu, wie er den Rasenmäher meines Vaters anbellte, und erst als der Postbote nicht aufhörte zu klingeln, gab sie sich einen Ruck.

Auf dem Klo ist es ruhig. Man kann ungestört seinen Gedanken nachgehen. Ich stellte mich vor die Tür, um meiner Mutter ein wenig dabei zu helfen.

– Was machst du?

– Ich mach mich frisch.

Als sie herauskam, war sie wie ausgewechselt. Sie riss die Vorhänge und Fenster auf.

– Meine Güte, wie stickig es hier ist.

Sie roch nach Blumen, trank ein Glas Wasser und drehte sich nach mir um.

– Und wie siehst du denn aus?

Sie machte den Kamm nass und kämmte mir das Haar glatt.

– Zieh dich an.

– Wohin gehen wir?

– In den Zoo. Ich bring dich hin und hol dich wieder ab. In Ordnung?

Ich nickte. Den Brief, mit dem sich meine Mutter frisch gemacht hatte, steckte sie sich in die Tasche.

– Wartest du schon lange?

Der Wärter rührte sich nicht von der Stelle.

– Wo ist deine Mutter?

Den Nacken an die Gitterstäbe gepresst, knackte, tickerte und schnurrte Fast-ohne-Federn ohne Unterlass. Er streckte mir einen Fuß entgegen und griff nach meinem Finger.

– Das ist doch deine Mutter, mit der du immer kommst.

Er machte eine Pause.

– Redest du nicht mehr mit mir? Geht es ihr gut?

– Sie ist in Ordnung.

– Wir schließen gleich.

– Sie ist auf dem Klo. Sie kommt mich hier holen.

– Da ist niemand. Ich war grad da.

– Sie ist nicht auf dem Männerklo.

– Wir kontrollieren beide, wenn wir schließen. Da ist niemand. Es ist schon fast dunkel.

Tatsächlich. Fast dunkel. Die Lichter waren an. Da und dort quietschten Türen, sonst war es ruhig.

– Kommst du mit?

– Ich darf nirgendwohin mitgehen. Sie holt mich hier ab.

– Komm jetzt, ich bring dich nach Hause.

Er nahm mich bei der Hand und führte mich am Kassenhäuschen vorbei. Ein anderer Wärter verschloss das Gitter zum Zoo und tippte mit dem Finger an den Hut. In dem großen Zimmer, in das er mich brachte, zündete sich ein dicker Mann eine Pfeife an, er sah Walter ein bisschen ähnlich, trank als Erstes ein Glas Wasser leer, goss nach und musterte mich von oben bis unten.

– Wie heißt du denn?

Eine riesige Rauchwolke schwebte an mir vorbei, der Mann schaukelte in seinem Sessel vor und zurück.

– Wo wohnst du?

Das Leder knirschte, es war eine Weile still, dann sagte er durch den Qualm:

– Na schön. Ich heiße Doktor Gábor. Du kannst mich Gabesz nennen. Ismael gefällt dir gut, höre ich. – Nun sag schon, wo gehörst du denn hin?

Nicht einmal Ruth und Walter hätten ihm das sagen können, noch schrieben sie an meiner Akte. Der Mann kraulte seinen Arm.

– Wen soll ich denn nun anrufen?

Auch die Chefin kraulte ihren Arm, sie kraulte uns im Haar, sie kraulte ihren Hund, sie kraulte lebendige Kaninchen im Fell und die toten, bevor Helene ihnen das Fell abzog; sogar den Fischen strich sie über die Haut, bevor Helene sie aus dem Eimer holte, um ihnen eins überzuziehen.

– Wen soll ich jetzt anrufen?

– Die Chefin.

– Die Chefin. Fein. Und wo kann ich sie finden?

Ich nannte ihm die Adresse.

– Ach, von dort bist du. Du bist also ausgebüxt.

Auf der Straße parkten Autos, der Bus hielt und fuhr an, ein Lastwagen drehte an der Bushaltestelle, in meinem Zimmer wanderte das Licht an den Wänden. In der Ecke schimmerte mein Koffer. Er war nicht einmal halb so groß wie der von Toni.

– Tausend Tode, sagte Eli. Manchmal stirbt man tausend Tode.

Ich machte die Augen zu. Es half nicht. Farbe kleckste ins Schwarz, ich konnte nicht nichts sehen.

Mein Vater zog mir die Decke vom Gesicht. Seine Nase war schneeweiß.

– Ihr habt euch gestritten.

– Es ist alles gut.

– Wo ist Toni?

– Oben. Oben natürlich.

– Wo ist sie?

– Nebenan.

– Will sie mich nicht mehr haben? Muss ich zurück?

– Wohin zurück?

– Zur Chefin.

– Wie kommst du auf so etwas? Sie hat sich sehr gewundert über den Anruf.

– Weshalb hat sie mich so lange warten lassen?

Ich deutete nach nebenan. Er schnalzte mit der Zunge. Es dauerte ewig, bis er damit herausrückte.

– Das hat sie gesagt?

– Ja.

– Sie hat mich verlegt?

– So etwas in der Art. Besonders wertvolle Dinge versteckt sie gut. So gut, dass sogar sie nicht mehr weiß, wo sie sind.

– Warum?

– Dort sind sie sicher.

– Tausend Tode, sagt Eli. Manchmal stirbt man tausend Tode.

Tränen, viele Tränen: Lágrimas. Auch Eli schenkt mir Wörter. Muchas lágrimas ins Kissen, und er kommt bestimmt, der Schlaf, el sueño. Ich warte.

Aus allen Schachteln quollen Wörter, sie flogen durchs Zimmer, wenn meine Mutter die Fenster aufmachte. Ihr waren sie ein Dorn im Auge. Sie drohte, alle Wörter und Schachteln wegzuwerfen, wenn ich nicht aufräumen würde; auch die in Dosen, die sich auf dem Fensterbrett stapelten, winterharte Wörter. Tat nannte sie so. Die aus früher Kindheit, sie halten alles aus.

Aber ich konnte nicht aufräumen. Ständig wechselten die Wörter die Schachteln, von FRÜHER ZU JETZT und von JETZT ZU FRÜHER, von FRÜHER ZU SPÄTER, und SPÄTER wird immer mehr und FRÜHER auch, dafür ging mir das JETZT aus, und es gab Wörter, die nirgendwohin gehörten, nicht einmal in den Mund. Ich ging allen auf die Nerven, und dabei war bei mir noch nicht einmal die *Pubertät* ausgebrochen, vor der sich meine Mutter so fürchtete wie vor großen Rechnungen.

Dass ich allen auf die Nerven ging, hatte ich von meiner Mutter. Das nennt sich *Sozialisierung*. Die fängt jetzt an, greift endlich, sagten Ruth und Walter. Sie beruhigten meine Mutter, dass es zur *Pubertät* noch eine Weile hin ist, aber meine Mutter ließ sich nicht beruhigen, sie weinte am Küchentisch, schlimmer als bei jedem Himmelelend.

– Bist du komplett verrückt geworden? Weißt du, dass man Imeldas Kopf mit neun Stichen nähen musste? Mit einer Schaufel zuzuschlagen – was fällt dir ein? Weshalb mit einer Schaufel?

– Sie kam mir blöd.

– Ich komm dir auch gleich blöd.

Sie schoss auf und fasste sich an den Kopf und fragte sich, wo denn mein Vater bleibt, dass der auch ein Wort sagt zu Imelda, die im Moment gar nichts sagt und bloß bleich ist mit Glatze und im Krankenhaus liegt wegen dem wunden Kopf.

Ich hätte ihr jetzt seitenweise aus dem Lexikon der guten Gründe vorlesen können, an dem Tat und ich jeden Sonntag weiterschrieben und mit THEMEN und ARGUMENTEN füllten, aber meine Mutter sah nicht aus, als hätte sie auch nur ein Wort hören wollen. Obwohl schon über tausend Seiten stark, hätte sie es einfach in der Luft zerrissen. Mit ihrem Mundwerk hat sie die Kraft von zehn Abrissbirnen, sagte Eli.

– Wir fahren jetzt ins Krankenhaus, und du entschuldigst dich.

– Ich kann nicht.

– Und wie du kannst!

Alles Haar war ab, Imelda war kahler als Fast-ohne-Federn. Am Schädel pochte es, als wollte etwas hinaus, in der zusammengezogenen Haut der Naht spannte ein schwarzer Faden.

Schlurfen, Flüstern, als wir kamen. Der Vorhang

wurde ein Stück aufgezogen. Ich hätte mich entschuldigen sollen.

Ich konnte es nicht.

Imelda schlief nach der Operation, sie schlief tief, schlief länger, als es ihrer Mutter lieb war, in der Hand hielt sie ein blutiges Tuch. Und wenn ich schon den Mund nicht aufmachen wollte, lag ihr doch so allerhand auf der Zunge. Sie wollte reden. Über Imeldas Kopf und das Loch darin und darüber, dass sie schon wüsste, was mit mir zu tun sei. Sie hielt meiner Mutter das blutige Tuch hin, sagte, wir sollten uns das ansehen, genau ansehen, dann sollten wir verschwinden, und ich sollte zum Teufel gehen oder noch besser: dahin zurück, von wo ich gekommen wäre. Meiner Mutter wünschte sie mit mir viel Glück und warf uns das Tuch hinterher. Die ganze Fahrt über faltete sie es immer wieder neu, in immer kleinere Quadrate, sie sah aus dem Fenster, ohne ein Wort zu sagen, legte es zu Hause auf den Küchentisch und brüllte:

– Hinsetzen!

Wir rührten uns nicht mehr vom Fleck, bis mein Vater kam. Er sah erst das Tuch auf dem Tisch an, dann uns.

– Was ist das denn?

– Deine Tochter hat sich geprügelt. Nein, eigentlich hat sie sich nicht einmal geprügelt, sie hat zugeschlagen. Mit einer Schaufel. Sie hat mit einer Schaufel Imelda fast den Schädel gespalten. Sie liegt im Krankenhaus.

– Und?

– Und? Sie schläft, sie ist bewusstlos, keine Ahnung. Sie rufen nicht an, ihre Mutter hat uns rausgeworfen.

Ich verkroch mich unter den Küchentisch und hörte meine Mutter sagen:

– Sie hat uns rausgeworfen, weil es die Kleine noch nicht einmal für nötig hält, sich zu entschuldigen.

Mein Vater ging im Laufschritt auf und ab, ab und an machte er halt und nahm einen Schluck Bier. Er bückte sich.

– Du entschuldigst dich!, schrie er. Und setz dich an den Tisch wie anständige Leute.

Ich schwieg und setzte mich hin.

– Neun Stiche, sagte meine Mutter.

– Aber sie haben –

– Jetzt keine Geschichten.

– Neun Stiche, sagte meine Mutter. Neun. Die Brille ist auch hin.

Schon die ganze Zeit über befummelte ich das rissige Glas. Bloß noch die Schritte meines Vaters waren zu hören, das Zischen der Bierflasche, das Zischen der nächsten, Deckel, die zu Boden fielen, auf den Kacheln eierten, das Glas, das in sternförmigen Splittern ganz aus der Brillenfassung knackte, und die Ohrfeige, die aus dem Nichts kam. Ich fiel vom Stuhl, vor meinen Augen bunte Farbkleckse, der Lärm gestochen scharf.

– Verschwinde. Geh jetzt einfach.

Das Bett. Der Tisch. Wörterschachteln. Das Regal. Bücher. Wörterschachteln. Die Straße. Ihr Licht. Die Lampe, ihr Licht. Licht aus.

Eine Schaufel im Kopf. Imelda. Und Naturkatastrophe.

Über eine Schatzkarte gebeugt, male ich mir aus, was alles in der Truhe drin ist, die ich mit Braun und Gelb gezeichnet habe. Weil es kein Gold gibt. Das gibt es nur in den großen Farbstiftschachteln, und die kommen für uns nicht in Frage, weil Gold und Silber geklaut würden, die Großen würden sie eintauschen gegen Zigaretten. Gelb und Braun geben nun einmal kein Gold, bloß eine Soße auf dem Blatt, die Tür geht auf, und die Chefin kommt herein, klatscht in die Hände und ruft:

– In einer Stunde gibt es Kuchen. Treffpunkt Küche. Ruft die andern.

Die Chefin gibt uns immer eine Stunde Zeit, damit wir wie Menschen aussehen können, damit wir ihr unter die Augen treten können, damit Braun und Gelb von den Händen abgeht, Kaugummi aus den Haaren entfernt werden kann, Dreckränder von überall, damit aufgekratzte Schürfwunden verpflastert werden können, damit sie etwas zu sehen bekommt, das gut riecht, das Bügelfalten hat und eine Hand gibt, von der sie sich nicht gleich eine böse Krankheit holt. Und dann das: Ich falle fast der Länge nach hin, und nicht nur ich, denn auf dem Tisch stehen Kuchen, die alles schlagen, was Helene je gebacken hat, nicht einmal am runden Geburtstag der Chefin hat es so etwas gegeben. Rosa Torten, weiß oder voller Schokolade, mit Smarties oder Karotten aus Marzipan, und Martin schreit, genau so, genau so haben sie ausgesehen, als sie noch einmal geheiratet haben, und ihr habt mir nie geglaubt, drei Stockwerke hoch Schlagsahne, und ihr habt mir nie geglaubt, dass es das gibt, jetzt schaut euch das an.

Die Chefin will, dass wir den Mund halten, und sagt, wir haben sie geschenkt bekommen, von jemandem, den wir nicht kennen würden, wir können uns nicht einmal bedanken beim Spender.

Endlich müssen wir glauben, dass es so etwas gibt, Martin kann sich nicht beruhigen, er genießt den Triumph, sagt, das hier, das ist enorm, gar nicht mal schlecht in Tat und Wahrheit, wirklich ganz nett, aber immer noch kein Vergleich zu den Hochzeitstorten seiner Eltern, und während wir die Servietten umbinden und uns in die Schlange stellen, wachsen die Kuchenberge in die Höhe, die es bei der zweiten Hochzeit seiner Eltern gegeben hat, sie berühren schon die Decke und für die größte müssen seine Eltern eine Leiter nehmen. Der kurze Donelli sagt zu Recht, ach komm, die hätten auf keine Leiter mehr gekonnt, die waren nach der ersten Stunde schon zu besoffen.

Jetzt geht es bestimmt wieder los, dass Martin das Fest ruiniert, den Kuchen herumwirft, statt ihn zu essen, sich wieder etwas greift und zuschlägt und wir alle raus müssen, raus wollen, trotz des Kuchens nur wegwollen, aber er sagt kein Wort, stellt sich einfach an und noch einmal und nimmt sich dann selbst, isst, bis er gelb wird und dann weiß und aus der Küche stürzt und die Chefin nach ihm sehen muss.

Es wurde ernster, als wir dachten. Sie holte den Arzt. Als er das erste Mal wieder allein aufs Klo gehen konnte, machte er vor uns in die Hose. Aus seinem Pyjama rann eine braune Brühe, die bis in die Küche stank. Wir hielten uns die Nase zu. Keiner fasste ihn an, klapperdürr und zugeschissen, wie er auf den Kacheln lag. Wir taten nichts, um ihn aufzuhalten oder ihm aufzuhelfen, wir ließen ihn kriechen, standen um ihn herum im immer selben Abstand, folgten ihm, kniffen einander und hielten die Luft an, als er sich an einer Türklinke aufzurichten versuchte. Kichernd sahen wir zu, wie er immer wieder einknickte, während sich Hose und Unterhemd verfärbten und er auf dem Boden in Richtung Klo kroch und eine Spur hinterließ, die wir flüsternd kommentierten.

Es war die Stille, die die Chefin anlockte. Sie gab dem Erstbesten eine Ohrfeige, schüttelte den Kopf, sagte, wir sollten uns zusammenreißen, das hier wäre bloß eine Naturkatastrophe, wir sollten machen, dass wir wegkommen. Einen Namen zu kriegen, der dem nicht ähnlich ist, auf den man getauft war, dauerte nicht lange; umso länger, ihn wieder loszuwerden. Später tauften die Kleinen ihn Ladenhüter und wurden dafür verprügelt. Für mich blieb er Naturkatastrophe.

Er schlug nicht bloß mit der flachen Hand zu oder mit der Faust, nein, er füllte den kleinen Jutesack mit Sand, den wir am sechsten Dezember bekommen hatten, und drosch auf uns ein, bis wir kotzten, er spickte Schneebälle mit Steinen, tauchte sie in Wasser ein und ließ sie über Nacht vor dem Fensterbrett liegen. Anderntags wog er sie in der Hand und sah uns nach, machte sich einen Sport daraus, lange zuzuwarten, bis er warf. Er schlug alle, er tunkte jeden ins Klo, das er verstopfte und volllaufen ließ. Er konnte so wütend werden, dass ihn selbst die Ältesten nicht zu fassen kriegten, nicht zu viert konnten sie ihn halten. Lachte man, setzte es was, lachte man nicht, bekam man eine gescheuert, und richtig schlimm wurde es, wenn man den Namen von Onkel Eugen in den Mund nahm. Man brauchte bloß zu sagen, dass Onkel Eugen ihn wohl vergessen hätte, und dazu die Brauen heben. Johann hatte er dafür am Marterpfahl angezündet. Er stand dabei, bis die Gummistiefel anfingen, Blasen zu werfen. Dann erst übergoss er ihn mit Wasser und verbot uns, ihn loszubinden, es schneite unentwegt. Johann dampfte, am Pfahl festgezurrt, eine halbe Stunde lang. Hätte er von Naturkatastrophe keinen Lappen in den Mund gestopft bekommen, hätte man sein Zähneklappern bis zum Waldrand hören können. Keiner band ihn los, das hatten wir versprechen müssen bei unserm Leben, das Naturkatastrophe einen Dreck wert war, wie er uns schwor, wir sollten bloß an Johann denken. Natürlich dachten wir an Johann, wir konnten an nichts anderes mehr denken als an Johann, den ganzen Tag über nicht, beim Abendessen nicht, das unser Lieblingsessen war, Hörnli mit Hackfleisch und Apfelmus. Aber wer wollte schon essen? Naturkatastrophe fraß für zwei, stopfte sich voll, behielt uns im Auge, er machte sich breit am Tisch, damit es nicht auffiel, dass Johann nicht da war. Johanns Teller hatte er auf dem Schoß, und noch vor der Birne, die es zum Nachtisch gab, hielten wir es nicht mehr aus, schlichen wir zu Johann, nahmen ihm den Lappen aus dem Mund und verkrochen uns. Johann schrie den halben Ort zusammen.

Naturkatastrophe bekam noch eine Chance, er hatte eine Geschichte, wir alle hatten Geschichten, auch ich hatte eine. Keine zu haben galt als eine, als etwas zumindest, das zu denken gab, deswegen war ich hier, und ob mit oder ohne, Naturkatastrophe hatte mindestens Geschichte für zwei, er wog die auf, die keine hatten, gleich mehrere von uns, die Chefin blieb auf ihm sitzen. Martins Aktenberg, sagte sie, will schon keiner mehr besteigen. Außer Helene. Sie gab nicht auf.

Hatten wir etwas angestellt, schleppte uns Helene immer in die Natur hinter dem Haus. Wir mussten dem Gemüse zuschauen beim Wachsen.

– Das Gemüse weiß von alleine, was es soll, jede Kartoffel weiß es. Man braucht es ihr nicht einmal zu sagen, sagte sie. Bloß ihr seid zu blöd dazu, blöder als jede Kartoffel. Nehmt euch gefälligst ein Beispiel am Blumenkohl, am Salat und den Tomaten!

Naturkatastrophe verbrachte ganze Nachmittage damit, am Gemüse klüger zu werden. Aber er nickte ein und verpasste alles, und am Abend kam er ausgeschlafen zurück und zerlegte sein Zimmer, weil er etwas suchte.

Helene schüttelte das ganze Jahr über noch den Kopf, wenn einer darauf zu reden kam. Was Naturkatastrophe anging, war sie mit ihrer Weisheit komplett am Ende, obwohl sie Professorin im Großziehen von Gemüse war.

Mich kriegte Naturkatastrophe eines Tages im Apfelgarten zu fassen. Das heißt, ich erwischte ihn bei etwas, er beugte sich zu mir herunter und legte den Zeigefinger auf den Mund, nachdem er mit einer Hacke zugeschlagen hatte. Und dann war nichts mehr. Helene fand mich. Sie biss sich auf die Lippen, wie sie es tat, wenn der Pfarrer kam und als Erstes den Hund trat. Sie rief den Gärtner. Der Gärtner rief die Chefin, die Chefin den Doktor. Er sah sich die Wunde an, wollte wissen, wie ich heiße, wie die Chefin hieß. Erst wollte es mir nicht einfallen, und er murmelte, dass Naturkatastrophe auf dem besten Weg sei, Karriere zu machen.

Sie schüttelten die Köpfe.

– Dabei hat er alles, was es braucht.

Naturkatastrophe hatte alles, um gut wegzugehen. Er hatte Augen, von denen später Frauen träumen würden, da waren sich die Chefin und die dicke Helene einig. Er hatte ein tadelloses Gebiss, mit dem er Nüsse knackte, eine Zahnlücke, die ausnahmslos alle süß fanden. Und er hatte Locken. Helene nannte seine Haare eine Lockenpracht, sogar der Gärtner musste ihr da beipflichten. Außer dem einen Mal war er nie krank gewesen, er sah immer frisch aus. Ob er im Garten hatte helfen müssen, in der Werkstatt oder ob er sich geprügelt hatte, seine Hände bekam er immer sauber.

Die Chefin nahm sich potentielle Kundschaft genau unter die Lupe, was ihre finanziellen Möglichkeiten betraf und ihren Ruf.

Sie machte Hausbesuche bei der Kundschaft und welche bei den Nachbarn der Kundschaft, sie erkundigte sich bei der Polizei, ob die Kundschaft etwas auf dem Kerbholz hatte, und wenn nicht, lud sie sie zum Kaffee ein, damit sie sich umsehen konnte, ob etwas für ihren Geschmack dabei war. Sie kamen immer zu zweit. Schon bei der Tür stolperten sie über Naturkatastrophe und waren schwer beeindruckt. Sie wollten seinen Namen wissen. Sie schauten einander an, schauten die Chefin an, sagten den Namen auf, als wäre sie der Weihnachtsmann, sie schauten sich um, als suchten sie etwas, und schauten Naturkatastrophe an, als hätten sie's gefunden.

– Der ist niedlich, sagten sie.

Ich hätte ihnen gerne gesagt, dass Naturkatastrophe alles andere als niedlich ist, und dass er bloß vor der Tür herumstreunt, weil er denkt, dass Onkel Eugen aufkreuzt, um ihn abzuholen, dass er für seine Augen nichts kann, und dass er nicht im Sinn hätte, mit ihnen zu gehen, dass er bloß mitgehen würde, weil er muss, weil er wegmuss für eine Zeit, damit die Chefin Ferien machen kann von ihm, damit wir Ferien machen können von ihm, denn wenn er wieder zurückkommen würde, wenn sie ihn wieder bei uns abliefern würden, sie diejenigen sein würden, die Ferien brauchten, wir aber etwas erholt wären für Naturkatastrophe und seine Ideen, die ihm mit der Wut kamen. Eine Wut, die zwar an Wahnsinn grenzt, wie der Seelendoktor sagte, aber keiner ist, und er deshalb nicht wegmuss, sondern hierbleiben darf, gar nicht woanders hingebracht werden kann, auch wenn dabei ein bisschen was zu Bruch geht.

Nein, ich sagte lieber nichts und ließ die Kundschaft machen, ließ sie um Naturkatastrophe herumstreichen, ließ sie ihn sich anschauen und mit ihm spazieren gehen, ging zum Gärtner in den Apfelgarten oder setzte mich auf den Holzstoß, bis es vorbei war, bis er fort war.

Kundschaft hielt es mit ihm höchstens halb so lang aus wie mit mir. Und ganz im Gegensatz zu mir konnte sich Naturkatastrophe gut an zu Hause erinnern. Ich konnte nicht genug kriegen, wenn er erzählte.

Wenn sein Vater nach Hause kam, rückte die Polizei aus der Stadt im Stundentakt an, so lange, bis Naturkatastrophe mit der Polizei auf Du und Du war und er sie Onkel Eugen nennen durfte. Onkel Eugen begleitete seinen Vater oft mit seinen Kumpels im Kastenwagen nach Hause. Ihn alleine im Fond des Wagens sitzen zu lassen ging nicht, es mussten ihm welche auf die Finger schauen, in denen es immerzu kribbelte. Onkel Eugen hörte irgendwann damit auf, seinen Vater daran zu hindern, zu Hause die Möbel aus dem Fenster zu werfen oder das Geschirr, damit Ordnung kam in sein Leben, damit er neu anfangen konnte, ganz von vorn. Nur wenn er auch Naturkatastrophe hinterherwerfen wollte, weil ihn seine Mutter nicht zu fassen kriegte, nahm Onkel Eugen ihn mit, und Naturkatastrophe durfte in der

Zelle schlafen, während Onkel Eugen Papierkram erledigte und ihn am andern Morgen mit heißer Schokolade weckte, die beste heiße Schokolade, sagte Naturkatastrophe, die er je in seinem Leben getrunken hatte.

Der Staat sah es nicht gern, dass Onkel Eugen eine Zelle fast jede Nacht mit Naturkatastrophe belegte. Für Naturkatastrophe war nicht so viel öffentlicher Raum vorgesehen, Onkel Eugen musste ihn bei der Chefin abgeben. Er stand schlotternd im Flur. Sie hatten ihn nicht einmal mehr zum Umziehen nach Hause gebracht. Er hatte dort nichts mehr zum Umziehen gehabt, entschuldigte sich Onkel Eugen, weil sein Vater in der Nacht zuvor aus dem Fenster gefallen war und die Mutter nach unbekannt verzogen, mitsamt seinem Bett und den Möbeln, die noch da gewesen sein mussten, weil sein Vater nicht weit gekommen war mit dem Hinauswerfen der Möbel, dem Ausräumen des Badezimmerschrankes, des Küchenschrankes, der Wohnwand. Bloß seine Kleider aus dem Rucksack hätten auf der Straße gelegen, Autos waren drübergefahren, eines hätte auch seinen Vater gestreift, der wie ein Stein heruntergefallen sein musste, ganz anders als die Kleider, die noch vom Nachthimmel gesegelt kamen, während sein Vater schon unten in zerschlagenem Geschirr und schäumendem Badezusatz lag und der Regen auf ihn herabpasselte; ein trauriges Ende. Onkel Eugen erzählte es ihm und der Chefin haarklein, als sähe er einen Film, als müsste er mit dem Polizistenauge einen Bericht schreiben, damit die Chefin Bescheid wusste. Von der Treppe aus war das alles zu hören. Naturkatastrophe hielt sich die Ohren zu, und als Onkel Eugen fort war, machte er der Chefin sofort klar:

– Ich schlaf morgen wieder bei Onkel Eugen in der Zelle. Er holt mich hier weg. Morgen kommt Onkel Eugen mich holen.

Das sagte er auch als Erstes Donelli, mit dem er im Zimmer lag.

Onkel Eugen ließ sich kein einziges Mal mehr bei uns blicken. Naturkatastrophe stand sich vergeblich bei der Tür die Beine in den Bauch, und wieder und wieder bewunderten ihn welche seiner schönen Augen wegen, unser Gärtner sah sie dort stehen, stand auf seiner Leiter am Apfelbaum; er sah sie die Hände ausstrecken nach Naturkatastrophe, sah Naturkatastrophe dort stehen, sah ihn sich wegwenden, und einmal schüttelte der Gärtner den Kopf, beim Heruntersteigen nahm er zwei Sprossen auf einmal. Es war schon fast dunkel, und sein Atem war zu sehen. Er zeigte zum Himmel. Für Sterne hatte er etwas übrig, kannte fast alle beim Namen.

– Die Forscher geben sich Mühe mit den Namen, sagte er, sie haben Phantasie, sie nennen halbe Sterne, die es nicht fertigbringen, mehr zu werden als eine Wolke aus Gas, die nie fest werden, die nicht genug Kraft finden, fest zu werden, nie ein ganzer Stern werden können und leuchten bis zu uns, die nennen sie ›Braune Zwerge‹, das ist ihr Name. Sie sind die Versager des Universums, sagen sie, und sie sind so weit weg, dass wir nicht wissen, ob wir richtigliegen mit dem, was wir über sie erzählen, wohnen aber kann auf ihnen noch nicht mal eine Fliege.

Bevor mein Vater anderntags aus dem Haus ging, stellte er eine große Schachtel auf den Tisch. Selbst ohne Brille konnte ich sie sehen.

– Für mich?

Er nickte. Die Kartonschachtel war so groß, dass ich sie mit beiden Armen nicht umfassen konnte, ich zog sie zu mir her, sie war leicht, und ich hatte Herzklopfen, als ich sie öffnete.

– Es ist nichts drin.

– Noch nicht. Da kannst du schon mal sammeln.

– Was?

Mit einen dicken Filzstift schrieb er laut buchstabierend auf den Deckel: ENT-SCHUL-DI-GUN-GEN.

– Die beste bringst du Imelda mit.

Er beugte sich zu mir herunter, damit ich ihn deutlich sehen konnte.

– Die allerbeste.

Er legte ein Tütchen dazu.

– Für die Brille.

Die Brillenteile schob er auf dem Küchentisch zu einem Häufchen zusammen, gleich neben meiner Hand.

– Wo ist der zweite Bügel?

– Weiß nicht.

– Wie, weiß nicht? Bring ihn her.

Seine Stimme war schon wieder wütend, so wütend wie gestern, ich sah ihn nicht an, in meinen Augen stand zu viel Wasser, gleich würden sie überlaufen, das Muster aus Trauben und Äpfeln vom Tischtuch waschen. Seit heute Morgen änderte es dauernd seine Form, die Früchte wurden flüssig und wackelten über das Tischtuch, zusammen mit den Sternen, den Regenbogen darin; mein Vater ein großer Klecks, der Schatten machte. Ich blinzelte und rutschte vom Stuhl.

Mein Vater war nicht mehr da, als ich zurückkam. Ich legte den Bügel auf den Tisch und versuchte nirgendwohin zu sehen.

Mit einem Tütchen voll Brille gingen meine Mutter und ich in die Stadt.

Ich legte das Tütchen beim Optiker auf den Tisch. Er pfiff durch die Zähne.

– Da ist tatsächlich nichts mehr zu machen. Dann wollen wir mal.

Seine Schuhe knirschten, während er in einem andern Raum verschwand. Mit einer Handvoll Brillen kam er wieder.

Er bat mich, durch einen Apparat zu sehen und ihm zu sagen, in welche Richtung die Buchstaben schauten. Da war aber nichts außer zwei Klecksen. Der Optiker hob die Brauen und erklärte eine neue Technik, die es ermöglichte, auch sehr dicke Gläser dünner zu machen, schlanker in der Silhouette. Meine Mutter wollte aber die dicksten Gläser, weil die am billigsten sind, und ein Stahlgestell, das ewig ist, das einen Autounfall aushalten kann und biegsam ist wie ein Wolkenkratzer, fertig für ein Erdbeben.

– Was ist *Silhouette*?

Ich bekam keine Antwort. Der Optiker erwähnte noch einmal *Silhouette* und sagte *Formschönheit*, und ich fragte:

– Was ist *Silhouette*?

Er sah meine Mutter an, und sie sah ihn an.

– Wie teuer wird das werden?

Es wurde so teuer, dass sie mir auf dem Heimweg das Eis für die nächsten drei Wochen strich. Fernsehen war schon gestrichen, die Pistole und der Cowboyhut, Radiohören, Pfeil und Bogen und Besuche bei Fast-ohne-Federn auch. Für all das würde ich so oder so keine Zeit haben, ich hätte ins Krankenhaus zu fahren und Imelda zu sagen, dass es mir leidtue. Sobald sie mich hören konnte.

– Ich bringe dich hin.

Imelda konnte mich den ganzen Tag lang nicht hören. Ich hatte ihr ein *Koma* in den Kopf geschlagen, das die Doktoren zwar hatten nähen können, jetzt aber mussten sie das *Koma* beobachten, und das ging am besten, wenn Imelda stillhielt, schlief und nichts sagte. Imelda schwieg mich an, Imelda schwieg die Schwestern an, die Doktoren, ihren Vater und ihre Mutter, die weinte, wenn sie nicht mit Imelda sprach und ihr an die Leitung fasste, die zu ihrem Arm führte, nach der Schwester klingelte, mit den Ärzten redete und mit mir Folgendes: *Klartext*. Imeldas Arzt las mir die *Leviten*. Der *Klartext* von Imeldas Mutter machte Bauchschmerzen, und von den *Leviten* des Doktors bekam ich

Durchfall. Ich steckte KOMA, KLARTEXT und LEVITEN in die Wörterschachtel KRANKHEITEN. Die große Wörterschachtel ENTSCHULDIGUNGEN blieb leer.

Am andern Tag wurde meine neue Brille fertig, und Imelda durfte aufwachen, die Ärzte hatten es erlaubt. Meine Mutter weinte gemeinsam mit Imeldas Mutter, eine Schwester brachte Kuchen, und zur Feier des Tages erfuhr ich, was *Silhouette* ist.

Silhouette: macht Freude und Herzklopfen (Eli).

Silhouette: das heißt *The Silhouettes*. Machten gute Musik. Bis vor kurzem (mein Vater).

Silhouette: etwas, womit die Blondierte kämpft (meine Mutter).

Und Tat wollte zu dem Thema nichts gesagt haben, er fragte am Telefon nur:

– Hast du dich bei Imelda entschuldigt?

Ich schüttelte den Kopf. Er schlürfte Kaffee aus der Untertasse, ich konnte es hören.

– Du musst das Lexikon der guten Gründe überarbeiten. Sie hätte sterben können.

Staub juckte auf der Haut, trieb in Wolken durchs Licht. Grau, weißgrau lag er auf der Brille. Wir standen in der Werkstatt. Der neue Stuhl für Tat war fast fertig, mein Vater gab ihm den letzten Schliff. Ich saß in so dichtem Nebel, als hätte ich vergessen, die Brille aufzusetzen, aber egal, wie dick er wurde, die Gedanken blieben rot wie Imeldas Narbe.

Ihr Haar blieb fort. Es beeilte sich nicht beim Wachsen. Ein Flaum, der trödelte. Niemand konnte das Haar trösten, keiner wusste wie.

Sie hätte sterben können, hatte auch Madame Jelisaweta gesagt.

– Wie sieht der Tod aus?

– Für jeden anders, antwortete mein Vater.

– Es gibt nicht nur einen?

– Nein.

– Du hast einen ganz für dich allein?

– Gewissermaßen.

– Zeigst du ihn mir?

– Das kann ich nicht.

– Warum nicht?

– Weil er nicht da ist.

– Und warum ist er nicht da?

– Weil ich noch da bin.

– Und wann kommt er?

– Das weiß ich nicht.

– Wie wollt ihr euch denn finden?

– Ich suche ihn nicht.

– Warum nicht?

– Wenn zwei suchen, verpassen sie einander. Ich warte auf ihn.

– Wie erkennt er dich?

– Ich erkenne ihn.

– Wie?

– Indem er kommt.

Ich schwieg, putzte die Brille. Mein Vater verschloss den Leimtopf. Auch seine Brille war weiß vor Staub. So ein wichtiger Mensch, der Tod, und mein Vater würde ihn auf der Straße nicht erkennen; nicht wenn er vor ihm stünde, würde er ihn erkennen.

– Und er kommt bestimmt?

– Ja.

– Auch meiner?

– Ja.

– Dann warte ich jetzt.

– Es kann aber dauern, sagte mein Vater.

– Dann wird mir vielleicht langweilig.

– Das ist gut möglich.

Ich legte mich hin, wie ich es im Film gesehen hatte. Immer wenn der Tod zu Besuch gewesen war, lagen die Leute schlafend in ihren Betten, und es war ganz still im Zimmer. Ich stellte mich schlafend. Ich stellte mich so bleich wie die Nachbarin aus dem Erdgeschoss und kreuzte die Arme, eine halbe Stunde lang.

Mein Vater schlug mit dem Hammer die Stuhlbeine kräftig in den Sitz. Bei diesem Lärm würde der Tod nie kommen.

– Es ist langweilig. Langweilst du dich nicht beim Warten?

– Nein.

– Warum?

– Ich habe zu tun.

Er stellte den Stuhl hin, und meine Mutter öffnete die Tür.

– Was treibt ihr denn?

– Wir reden übers Leben, sagte er.

Tat saß auf seinem neuen Stuhl wie ein König, streichelte seine Lehne und erklärte mir, dass nicht alle GRÜNDE und ARGUMENTE ins Lexikon der guten Gründe gehören, auch wenn sie unschlagbar aussehen.

– Der Cousin der Blondierten hat schöne Hände.

– Das ist wahr. Und sie können ganz schön anpacken.

– Er war ein Meisterdieb, der beste in der Stadt, in der er gelebt hat.

Tat sah mich an.

– Wer erzählt so etwas?

– Toni. Er sagt auch, dass er aus dem Ausland zurückkehren musste, weil ihn das Ausland nicht mehr haben wollte wegen seines Erfolgs.

– Hat er auch gesagt, ob er noch arbeitet?

– Er hat gesagt, dass er speziell für die Schweiz berufsunfähig geworden ist wegen der vielen Gefahren, die hier lauern. Er sagt, es nimmt ihn sehr mit, nicht mehr arbeiten zu können.

– Verstehe.

– Warum nimmt es ihn mit?

– Es erschöpft, ein Handwerk vergessen zu müssen, wenn das Werkzeug mit dem Körper verbunden ist.

– Warum?

– Es ist zu viel Herzblut darin.

– Auf welche Seite vom Lexikon schreiben wir das?

– Wir schreiben gar nicht. Erst denken wir.

Ich entschuldigte mich leise.

– Lauter, sagte Imeldas Mutter.

– Endlich, sagte Eli. Wann kann sie raus?

– Gleich. Wir fahren hin.

Sie war ›Die Blume des Monats‹. Imelda lachte wieder, war wieder ein Sonnenschein und ›mein Mädchen‹ von ihrem Vater, der sie küsste und aus dem Bett hob, obwohl sie schon lange wieder gehen konnte. Auf Händen trug er sie vor das Plakat im Krankenhausflur, auf dem sie abgebildet war. Alle konnten sich ein Beispiel an ihr nehmen, wie schnell man gesund werden kann, auch wenn einem die Haare fast ausgegangen waren, weil sie dem Kopf nicht mehr trauten.

Meine Eltern und ich standen mit Blumen im Flur, und Imeldas Vater stellte sie auf ihre Füße, wollte sie gehen sehen. Jeden Tag wollte er sie gehen sehen, heute besonders: Imelda durfte nach Hause fahren und wieder die Beste sein, die Klügste, es war ihr Beruf.

Als Erstes fuhren wir mit Imelda zum Frisör.

Haare waren absolut die Domäne von Madame Jelisaweta, es gibt keine bessere, sagt Mirela. Sie hatte schon jede Sorte Haar in Händen gehabt; sogar den kahlen Kopf von Imeldas Vater stellte sie zufrieden. Sie schnitt nicht immer ganz grade, und es konnte passieren, dass man für eine Woche den Kopf schief halten musste, weil sich Madame Jelisaweta nicht gern korrigierte, aber sie hat die Sorte Parfüm, bei der einem alles egal wurde und man sich ergab. Zudem wackelten in ihren Ohren riesige Ringe, sie hatte ein Lächeln, in dem goldene Zähne zu sehen waren, und ein Gesicht, von dem meine Mutter behauptete, dass es eine Wildnis ist, weil Madame

Jelisawetas Augen eine Farbe hatten wie die grüne Hölle des Amazonas.

Madame Jelisaweta schüttelte den Kopf. Imeldas Haar war dünn, die Narbe darin glühte. Sie legte die Schere weg und schenkte Imelda einen Hut.

– Voilà! Fürs Erste.

Sie schaute zu mir herüber. Mit mir wollte sie ein paar Schritte gehen, ein paar Takte reden. Die Ringe wackelten in den Ohren und klimperten, sie beugte sich zu mir herunter und lächelte, dass mir schwindlig wurde, und flüsterte mir ins Ohr:

– Das führt zu nichts, Süße. Mit einer Schaufel, nicht wahr? Das führt nie zu etwas. Haben wir uns verstanden?

Ich nickte. Wer sich mit Madame Jelisaweta anlegte, musste den Verstand verloren haben. Es war etwa so dämlich wie Oskar den blanken Arsch hinzuhalten, nachdem man ihn eine Stunde lang geärgert hatte.

Was aber hätte ich tun sollen, damit sie aufhörten? Damit sie damit aufhörten? Damit sie still waren, nicht mehr kicherten, endlich Ruhe gaben, nicht mehr flüsterten, nicht aus dem Fenster riefen, nicht mehr hinter mir herliefen und sangen: *Waisenhausgöre!*

Allen voran Imelda.

Waisenhausgöre.

Das dickste Lexikon neben meinem Bett kannte das Wort nicht. Es blieb ein Gefühl.

– Das war es also, sagte Tat am nächsten Sonntag.

Er hörte auf, die Stuhllehne zu streicheln.

Der lehrer schrieb die Aufsatzthemen an die Tafel.

– ›Meine Ferien am Meer‹ und ›Mutter und Vater‹. Ihr habt die Wahl. Wer noch nie am Meer war, schreibt über Mutter und Vater, die hat schließlich jeder.

Leere Blätter machen Schwierigkeiten.

Eli nahm es leicht.

– Erfind halt was.

Auch volle Blätter machen Schwierigkeiten.

– Nicht zu glauben, was da steht, sagte der Lehrer.

– Nicht zu glauben, sagten meine Eltern. Von wem redet sie?

Sie fragten sich, ob diese Phantasie wieder ins Leben umschlagen kann. Der Arzt würde nachsehen müssen. Den Aufsatz musste ich neu schreiben, von Grund auf, sagte der Lehrer. *Aus Prinzip. Im Prinzip* ein Leichtes für dich, sagte er. Er gab mir den Aufsatz zurück.

– Was ist *Prinzip*?

– In erster Linie sind *Prinzipien Gesetze*. An die man sich hält. Morgen will ich den Aufsatz sehen.

– Ich kann darüber nicht schreiben, ich war auch noch nie am Meer.

– Bis morgen.

Vom Meer hatten meine Eltern keine Ahnung. Nicht wie Imelda, die mit ihren Eltern hingefahren war, um Erfahrungen zu sammeln. Darüber hätte sie mit links zwei Seiten schreiben können, hatte sie gesagt, und über ihre Eltern einen Roman. Eli hätte gewusst, wie das Meer ist, aber er war auf eine Baustelle gefahren, die noch nicht mal mein Vater kannte. Sonst konnte nur noch Werner Fernfahrer Bescheid wissen.

Ich klingelte bei der Blondierten und hielt meinen ersten Aufsatz in der Hand. Sie hatte dick Paste im Haar, nahm mir den Aufsatz aus den Händen, drehte ihn zu einer Rolle und erschlug damit eine Fliege.

– Mistviecher! Brauchst du Zucker?

– Nein. Wo ist Werner Fernfahrer?

– In Saudi-Arabien. Warum?

– Wann kommt er zurück?

– In einer Woche, wenn alles gut geht.

– Dann ist es zu spät.

– Wofür denn?

– Fürs Meer.

– Fürs Meer?

– Kennen Sie das Meer?

– Allerdings. Ich will damit nichts zu tun haben. Es macht mir Angst. War schon immer so. Außerdem, sagte sie, es macht das Haar kaputt. Salz und Sonne: reines Gift!

Sie deutete auf ihren Kopf.

– Zeit, dass ich es rauswasche.

– Kann ich ihn wiederhaben?

– Was?

– Den Aufsatz.

Ich steckte ihn wieder in die Jackentasche. Madame Jelisaweta war meine letzte Hoffnung, was das Meer anging.

Ihr Salon war nicht sonderlich groß. An dem Tag, als Imelda den Hut geschenkt bekommen hatte, war er beinahe aus allen Nähten geplatzt. Es war nicht wirklich ein offizieller Frisiersalon, und gehören tat er Madame Jelisaweta schon gar nicht, sondern unserem Vermieter, für den sie so viele, schön klingende Schimpfwörter hatte, dass Eli sie ab und an bat, ein wenig für ihn zu fluchen, wenn ihm wieder etwas die Sprache verschlagen hatte, das er *Schweizer Bürokratie* nannte. Madame Jelisaweta hatte auch nicht immer geöffnet, weil der Frisiersalon allein Madame Jelisaweta nicht über Wasser halten konnte und sie mal hier und mal da noch Hand anlegen musste; aber ich hatte Glück.

An den Wänden hingen Bilder: jugoslawische Stadt am Meer, jugoslawischer Wasserfall im Wald, jugoslawische Flusslandschaft im internationalen Sonnenuntergang, jugoslawische weltberühmte Schlucht und jugoslawischer Schlagerstar oder sinkender Stern am jugoslawischen Schlagerhimmel mit Gitarre; je nachdem, wer hinsah. Die Bilder rollten sich an den Ecken ein, das Klima in Madame Jelisawetas Haarsalon machte ihnen zu schaffen.

Sie war dabei, Fläschchen aufzufüllen, und ich durfte Haare zu einem Haufen kehren. Madame Jelisaweta nahm es sehr genau damit, sie wollte sehen, was sie den ganzen Tag über getan hatte. Nachdem sie alle Haarlackdosen zurechtgerückt hatte und die Kämme und Bürsten sauber geschrubbt im Waschbecken lagen, setzte sie Kaffee auf.

– Was hast du ausgefressen?

– Nichts.

Madame Jelisaweta kniff die Augen zusammen. Eine Zigarette im Mundwinkel, öffnete sie ein Glas Oliven. Sie schob sich immer welche in die Backentasche, für etwas Würze im Gespräch.

– Und was ist das da?

Mein Aufsatz musste aus der Tasche gefallen sein, sie hob ihn auf.

– Ein Aufsatz.

– Und damit kommst du zu mir? Was steht denn drin?

– Nichts Besonderes.

– Zeig her.

Sie las, pfiff durch die Zähne, schnalzte mit der Zunge, las weiter, spuckte einen Olivenkern in die Hand. Ihre Katze strich ihr um die Beine.

– Ich muss einen neuen schreiben.

– Und es wundert dich?

Nicht einmal Madame Jelisaweta hatte Verständnis für den Aufsatz über meine Eltern, obschon sie einiges gewohnt war: Flüche in mindestens fünf Sprachen, alle Kopfformen, alle Haarfarben, die Umstellung auf eine neue Zigarettensorte, eine versprengte Familie, astronomische Telefonrechnungen und das Wirtschaftswunder, das mehr Arbeit machte, als sie es sich je hatte träumen lassen.

– Kennst du das Meer?

– Ja.

– Kannst du mir das Meer erzählen?

Sie zündete sich eine zweite Zigarette an und legte sie in den Aschenbecher.

– Welches denn? Es gibt verschiedene. Schon in Jugoslawien. Schon vor unserer Haustür gibt's das. Mit Sonne oder ohne, mit Wind oder ohne, bei Sturm, auf dem Schiff, im Wasser oder wenn man taucht.

Ihre Zigarette brannte im Aschenbecher herunter, während sie von Gras unter Wasser erzählte, von Igeln, die Milch nicht mögen, und von Sternen am Meeresboden, die ihr Bruder an Land brachte, wo sie sofort alle Farbe verloren. An freien Tagen springt er von den Klippen, und sie braten Fisch am Strand, der ganz aus Felsen ist, brütend heißer Stein, auf dem Salz glitzert, und in der Nacht darauf ein Sturm, ein *Seegang* mit Wellen so groß wie Häuser, die eine Wiese wegwaschen, einfach so, samt einem Traktor, einem Hund und einer Ziege. Beinahe hätten sie auch ihren Bruder mitgerissen, der mit Onkel Jernej hinausgefahren war. Gerade noch rechtzeitig war er mit dem kaputten Schiff hereingekommen, ohne zu wissen, was unten und oben war. Es hat an Bord Fische geregnet sagte er, erzählte Madame Jelisaweta, tote und lebendige.

Mir sausten die Ohren.

– Und dein Onkel Jernej?

– Er kam nie zurück. Ist ein Fisch jetzt. Ist viele Fische.

Sie warf die Olivenkerne in ihrer Hand weg.

– Was sagt die Uhr?

Vom Fenster aus konnte man die Kirchturmuhr sehen, wenn man sich hinauslehnte, aber das war bei Madame Jelisawetas Laden nicht weiter gefährlich. Stellte man sich richtig hin, konnte man unter die Röcke von Frauen sehen. Es war mit ein Grund, weshalb Madame Jelisawetas Frisiersalon ein Geheimtipp unter den Herrensalons war und ein Muss als Frauensalon. Ich kniff die Augen zusammen.

– Kurz vor zwei.

– Dann musst du gehen. Ich hab gleich Kundschaft. Ich schreibe den Titel und den ersten Satz hin.

›Meine Ferien am Meer‹

Erst sieht man es mit der Nase. …

– Jetzt du.

Zu Hause machte ich eine Wörterschachtel MEER und legte *Seegang, Seeigel, Seegras, Seestern* als Erstes hinein. Ich füllte die Badewanne, kippte zwei Kilo Salz dazu, blaues Schaumbad, blies meinen Schwimmring auf und setzte mich in den Kleidern ins Wasser. Ein Sturm zog auf. Und was für einer. Ein Wind wie bei einem Föhnsturm auf dem Walensee, mindestens; die Wellen grau wie zerriebener Stein, groß und größer werdend. Wände eigentlich, dunkle Wände, schwarze.

Wellen, die nicht wissen, wohin, wütend gehen sie aufs Schiff los. Höhere Wellen, als Madame Jelisaweta sie beschrieben hatte, größere, als sie sich vorstellen konnte. Wellenhäuser, Wellentürme, Wellenberge, die alles auf den Kopf stellen, die schäumen und lärmen, den Himmel ins Wasser ziehen, die Wolken salzen, Himmel und Hölle bewegen, einem den Kopf verdrehen und Wörter schütteln, bis sie brechen: *Wellenberge* splittern, sind *Bellerwegen*, *Webengrellen*, sind *Rebellenweg* und *Leblernweg*, sind Treibgut; alles ist Treibgut, alles wird herumgeworfen: der Himmel, das Wasser, das Schiff. Es regnet Kisten und tote Fische aus dem Frachtraum.

Meine Mutter zog mich an den Haaren aus dem Wasser, ich war gerade Madame Jelisawetas Bruder, der schreiend und prustend über Bord gegangen war und in letzter Minute den Rettungsring zu fassen bekam. Die Haie waren mir schon gefährlich nahe gekommen. Böse Haie, hungrige.

– Das halbe Bad hat unter Wasser gestanden, sagte meine Mutter am Küchentisch.

– Hast du den Aufsatz geschrieben?

Ich schüttelte bloß den Kopf, mein Vater sah müde aus.

– Ab mit dir.

Ich gab drei Seiten ›Meine Ferien am Meer‹ ab. Der Lehrer war beeindruckt, auch wenn ich das Thema nicht ganz erfasst hatte, wie er sagte. Für seinen Geschmack waren auf den drei Seiten eindeutig zu viele Leute gestorben, die Stadt, die es auf Seite eins noch gegeben hatte, war fortgespült, und am Schluss hatte nur ein Seestern überlebt. Das fand er besonders traurig. Er sah mich eine Weile an und ließ mich dann gehen.

In italien fielen tonis Schwestern vor Sorge fast vom Fleisch, obwohl die Schweiz einen so guten Ruf hatte. Toni war auch ihretwegen etwas früher als vorgesehen hingefahren und hatte nichts hinterlassen außer einem Glas Oliven. Nun fiel meine Mutter vor Sorge vom Fleisch und lag meinem Vater seit drei Wochen mit Italien in den Ohren. Ihr Himmelelend hing ihr zum Hals heraus.

Sie wollte das Meer sehen.

Sie wollte Mozzarella essen.

Sie wollte etwas erleben.

Sie wollte nicht enden wie die Tatta, der der Seelenarzt Tabletten geben musste gegen die Langeweile im Herzen, gegen Verkümmerung und Dunkelheit.

Auf dem Tisch lagen Tonis Brief und eine Holzschachtel, die Tante Joujou geschickt hatte. Sie war etwas eingedrückt, aber sonst noch heil. Der Postbote hatte sie mit spitzen Fingern überreicht. Sie stank entsetzlich. Als Eli kam, hob mein Vater den Deckel der Schachtel ab, in der sich ein Käse mit weißem Fell wölbte und aussah, als würde er gleich explodieren.

– Von Joujou. Aus Frankreich.

Eli nickte anerkennend, und meine Mutter führte ihn

zum Sims, auf dem die Fotos aus Tonis Brief aufgestellt waren. Ein Bild seiner Schwestern, eins der Tomatenfelder, eins vom Elternhaus, von den Eltern, der Irrenanstalt, der Kirche, dem Markt, eins mit Bergen von Wassermelonen und eins mit Mozzarella auf einem Teller. Eli wischte sich die Finger ab und schaute es sich genau an.

– Er fotografiert Käse?

– Er hat eine künstlerische Ader.

– Sie möchte ans Meer fahren.

Mein Vater kannte das Meer nur aus Erzählungen. Dass man dort einfach sitzen kann und warten, wie es kommt und geht, dass man sich einfach treiben lassen kann am Strand und in der Sonne, wollte er sich bestätigen lassen, er schaute Eli fragend an. Eli schüttelte den Kopf.

– Aber es kommt in Mode.

– Für Mode haben wir kein Geld.

Mein Vater steckte den Löffel in den Käse und zog ihn behutsam heraus. Er konnte die längsten Käsefäden ziehen. Wenn er gewollt hätte, hätte er die Weltmeisterschaft im Käsefadenziehen gewinnen können.

– Was ist eigentlich los mit dir?

Dass meine Mutter Eli anfuhr, war nichts Besonderes. Dass sie gleich einen Lappen hinterherwarf, schon. Selbst mein Vater würde jetzt angestrengter über Mode nachdenken.

Aber Eli hob den Lappen bloß auf, nahm seine Mütze und ging hinaus.

In letzter Zeit war nicht viel mit ihm anzufangen. Das lag an der ÜBERFREMDUNG. Toni war grade so durchgegangen bei der ABSTIMMUNG. Er durfte erst einmal hierbleiben, wenn er aus Italien zurück war, seine Plastikförmchen kamen gut an in der Fabrik, und was er in manchen Nächten machte, wusste keiner außer der Verzinkerei, und die hielt dicht. Auch Madame Jelisaweta war kein Problem mehr für die Schweiz. Bloß Eli war hier nicht sicher. Dejan und Mirela hatten versprochen, ihn im Keller des Restaurants zum Käse zu legen und zum Bier, wenn es brenzlig werden würde.

Eli konnte die ÜBERFREMDUNG mit Haut und Haar spüren. Es war nicht so, dass es die seit der ABSTIMMUNG nicht mehr gab, sagten seine Kumpel. Die Ausländerpolizei saß Eli im Nacken, sagten sie, damit sie etwas von der ÜBERFREMDUNG abtragen und dahin zurückschicken konnte, von wo sie gekommen war. Immer öfter stellte sie die Baustellen auf den Kopf, wollte Bewilligungen sehen, Eli machte das ganz nervös.

Ich lief ihm hinterher, wusste ich doch, er würde zu Schneewittchens Stall gehen, der einzige vernünftige Ort nebst dem Klo, wo man in Ruhe seinen Gedanken nachgehen konnte. Ich holte ihn ein, als er sich hinsetzte.

– Worüber denkst du nach?

– Ich denke nicht nach.

– Und was machst du?

– Ich warte.

– Worauf?

– Dass nichts passiert.

– Darauf kann man nicht warten.

– Ich schon. Warten, dass nichts geschieht, was es noch schlimmer macht. Darauf kann man allerdings warten. Oder man muss. Hijos de puta! Hurensöhne!

Ist man nicht stärker als die, die man so nennt, sollte man die Finger von *HIJOS DE PUTA* lassen. Eli benutzte es nur für Ausnahmefälle wie den Hausmeister, für die Ausländerpolizei und für einen Herrn Franco, den in Spanien alle Welt kannte, aber noch nicht mal er sagte es laut. Es lag in der Wörterschachtel STRENG GEHEIM, zusammen mit mindestens hundert weiteren Hausmeister- und Ausländerpolizeinamen aus Spanien, Italien und Jugoslawien.

Er setzte sich hin und trat gegen die Kiste mit Hasenfutter. Zwei Schrauben und sein Türschild zu seinem Zimmer lagen in seiner Hand. Der ellenlange Name füllte drei Zeilen. Den Eimer mit seinem Werkzeug stellte er neben Schneewittchens Futtersack.

– Ich kann nicht zurück.

– Auf die Baustelle?

– Nach Salamanca. Nach Spanien. Irgendwohin.

– Musst du?

– Die Polizei möchte, dass ich zurückgehe. Ich bin Saisonarbeiter.

– Was ist ein *Saisonarbeiter*?

– Weißt du doch. Wie Toni. Ein Saisonarbeiter arbeitet neun Monate bei euch.

– Du arbeitest doch immer bei uns.

– Stimmt, ich bin noch zwanzig Prozent Schwarzarbeiter. Zudem: Ich *war* Saisonarbeiter.

– Was heißt *Schwarzarbeiter*?

– Dass das Kontingent aus ist.

– Und was heißt *Kontingent*?

– Das heißt, ich bin jetzt hundert Prozent Schwarzarbeiter.

– Und was heißt das?

– Heißt: Ich habe keine Papiere mehr. Nichts. Nada. ¡Coño! Scheiße!

– Warum hast du keine?

– Ich hab die falschen. Es sind spanische.

– Ich hab auch die falschen. Ich krieg erst die richtigen, wenn ich fertig adoptiert bin.

– Bei mir ist das nicht so einfach.

– Du musst dich vermitteln lassen.

– An wen denn?

– An Eltern.

– Ich habe Eltern.

– Und?

– Sie sind tot.

– Wir könnten meine künstlichen teilen. Du hast Gastfreundschaft fast bis in den Tod, sagt mein Vater.

Eli seufzte. Er polierte das Türschild mit einem Zipfel seines Pullovers und zog einen Schraubenzieher aus der Hosentasche.

– Wieso hast du es abgeschraubt?

– Ich muss vorsichtig sein.

– Du könntest einen andern Namen annehmen. Wenn

ich fertig adoptiert bin, habe ich einen neuen Namen. Wir müssen auch vorsichtig sein. Wegen der Originaleltern. Sie könnten auf dumme Ideen kommen und plötzlich sentimental werden, sagen Ruth und Walter. Wohnst du jetzt bei Dejans Käse und Bier?

Weil er darauf nichts sagte, machte ich ihm Mut und sagte, dass es hätte schlimmer kommen können, nämlich ein Keller voller Gemüse, voller Fenchel oder Sellerie oder noch mehr ekligem Gemüse, und dass er es mit einem Keller voller Käse und Bier doch gut getroffen hätte. Außerdem würde er einmal im Monat die Gesellschaft eines Ferkels haben, das wusste ich aus erster Hand. Dejan bestand auf Frischware, die noch selber herumrennen konnte, bevor er Spanferkel machte und Wurst.

Er war aufgestanden und öffnete Schneewittchens Käfigtür, schraubte das Türschild an der Innenseite fest. Schneewittchen hoppelte im Käfig herum.

– Sag deinem Vater, dass meine Post ab jetzt hierher geht.

– Gibt es in Spanien auch Polizei?

– Natürlich.

– Wie bei uns?

– Schlimmer. Viel schlimmer, ganz so schlimm ist sie aber heute nicht mehr.

– War sie denn dort auch hinter dir her?

– Hinter meiner Familie war sie her.

– Was passierte, wenn sie jemanden zu fassen kriegte?

Als hätte der Arzt ihm grade eine dicke Spritze verpasst, verzog er sein Gesicht. Er schien etwas zu kauen.

– Warum bist du hierhergekommen?

– Ich hab gehört, hier ist es besser, einfacher. Es war zu Hause nicht so einfach. Mit allem nicht.

Auf jedem seiner Fingernägel ein weißer Mond, er spreizte die Finger.

Im Eimer waren eine Kelle, Schraubenzieher und ein Brett mit Griff, Schwämme, das Brett, das er Reibebrett nannte, der Gummibecher, in dem er eine Paste anrührte, um bei uns Löcher zu stopfen, und ein dickes Lineal, in dem eine knallgelbe Blase hin und her schaukelte.

– Ist das alles, was du hast?

– Es reicht, um Häuser zu bauen.

Ich warf eine Handvoll Steine an den Zaun. Oskar knurrte.

– Hör auf, ihn zu ärgern.

– Was wollte die Polizei von deiner Familie?

– Kann man das wissen?

– Du weißt es nicht?

– Meine Schwester. Sie wollten meine Schwester. Einer hat sie sich einfach geholt.

– Warum?

– Ihm gefiel ihre Seele. Sagte er. Seele, dass ich nicht lache – cabrón!

– Die kann man nicht bekommen, sagt mein Vater. Außer man verkauft sie freiwillig dem Teufel.

Oskar begann, beim Lattenzaun ein Loch zu scharren. Eli kratzte sich mit der Maurerkelle den Rücken, er schien nachzudenken.

– Sie kam nicht wieder. Sie nahmen sich viele in Salamanca, kaum ein Haus, wo nicht jemand fehlt.

– So viele?

– Ja.

– Alle?

– Nein, es entkommen immer welche.

– Ins Ausland?

– Oder in den Himmel. Der Himmel ist voller Engel.

Der Pfarrer hatte gesagt, dass Gott sagt, dass die Seele direkt in den Himmel geht. Ob sie mit einem Umweg übers Ausland auch in den Himmel kommt, hatte er nicht erwähnt.

– Weshalb bist du lieber ins Ausland gegangen?

– Für ein kluges Mädchen stellst du ziemlich dämliche Fragen.

Vielleicht hatte der Pfarrer Gott nicht richtig zugehört oder Gott hatte genuschelt. Ich würde Tat anrufen müssen und ihn fragen. Er war schon näher an Gott dran als der Pfarrer, er wusste Bescheid, obwohl er es abstritt. Tat mochte es, wenn ich ihn Kniffliges fragte. Es kitzelte ihn, er kicherte, wenn er Antworten suchte, brauchte Zeit, um welche zu finden. Sein Kopf ist ein großes Haus.

– Nicht mehr alle Zimmer bewohnt, das der Kindheit schon gar nicht. Da muss ich in den Keller, sagte er.

Tat braucht länger als eine Viertelstunde in den Keller und zurück.

Auch Vogel ist auf Reisen. Gegen Abend flog er fort. Vogel geht gern im Gras und vertraut Katzen. Was soll nur aus ihm werden?

Mein Vater kann mich nicht trösten.

Er kommt bestimmt, der Schlaf, el sueño. Ich warte.

WO IST VOGEL?

Ich ziehe alles an, was ich habe, und lasse das Fenster offen stehen. Meine Mutter kommt, um es zu schließen –, und fragt, wozu ich den Garten heize.

Vogel ist nicht von hier, er mag es warm.

Der Himmel ist voller Engel.

Ich kann den Himmel nicht heizen.

Aus seinen Ferien brachte uns Toni viel italienisch mit und wenig deutsch, große Gläser voll eingekochter Tomaten, ein riesiges Stück bröckligen Käse, Mozzarella, der in Wasser schwamm, zwei Kanister Olivenöl und drei mit Wein. Beim bloßen Denken an die Schlepperei brach ihm wieder der Schweiß aus. Er trug schwarze Kleider. Seine Mutter war gestorben. Darüber reden wollte er nicht weiter.

– Es war vorauszusehen.

Bei der Nachricht, dass Vogel fort war, hob er die Brauen, und nach der, dass meine Mutter sich fünfzehn Mal hatte beerdigen lassen während seiner Abwesenheit, bekam ich eine Ohrfeige. Dass Eli sich vor der Ausländerpolizei verstecken musste, hätte ich ihm gern erzählt, aber meine Mutter sagte es ihm. Toni wühlte mit den Zehen im Teppich. Und als ich ihm erzählte, dass Eli ganze Tage bei Dejan und Mirela im Keller saß und dann vor Schneewittchens Stall, Schneewittchen jetzt Schneewittchen de Eliseo Álvaro Manuel Raúl Caballero Pardo hieß und die Post für Eli aufbewahrte, seit er sein Türschild an der Stalltür geschraubt hatte, bekam ich noch eine Ohrfeige, Toni wurde bleich wie der Mozzarella, den er grade in Scheiben schnitt. Er legte das Messer weg.

– Suchen sie ihn?

– Natürlich.

– Im Haus auch?

– Sie waren mal hier, aber da wussten wir noch nicht mal, wo er steckt.

– Wisst ihr es jetzt?

Meine Mutter zuckte mit den Achseln.

– Mal hier, mal da. Was soll die Fragerei?

Ich konnte den Mund nicht halten. Schließlich fütterte ich Schneewittchen, nicht meine Mutter, schließlich traf ich Eli beim Postholen oder wenn er etwas in den Schuppen stellte, schließlich hatte ich ihm Streichhölzer gebracht und ein Paket Spaghetti aus dem Schrank, damit er nicht in Versuchung kam, Schneewittchen zu essen. Ich hätte gern etwas gesagt, meine Mutter schien es mir anzusehen.

– Kein Wort mehr, verstanden? Du hast keine Ahnung, wovon du redest. Und wo Eli ist, weißt du nicht, wo Eli sich aufhält, wissen wir auch nicht, erst recht nicht, wenn einer fragt. Du weißt gar nichts, wenn einer fragt, ein für alle Mal: nichts! Ist das klar? Du bringst uns noch in Teufels Küche. Raus!

– Lass sie doch.

Meine Mutter war in einem Zustand, den Tat Blanke-Nerven-Phase nannte. In der Blanke-Nerven-Phase meiner Mutter durfte man nur noch nicken oder den Kopf schütteln, je nachdem, was gefragt war. Selbst Tat hielt es dann für besser, den Mund zu halten oder so zu tun, als ob er taub wäre; er setzte dann ein Lächeln auf, als hätte sie ihm grade eine Tasse warme Milch mit Honig gebracht. Tat durfte das wegen seines sehr hohen Alters, in dem sowieso Hopfen und Malz verloren ist, wenn es um Erziehung geht, aber mir war das nicht erlaubt. Ich nickte.

Ihre Handtasche fiel zu Boden, erstaunlich, wie viele Dinge darin Platz hatten. Sie kehrte alles auf einen Haufen und stopfte es zurück.

– Ist Eli bei euch?

– Ich sagte, wir wissen nicht, wo er steckt.

Dabei zog sie die Brauen hoch und ließ Toni und mich nicht aus den Augen.

– Kommt die Polizei wieder?

– Woher soll ich das wissen? Was ist denn mit dir? Was fragst du mich das alles?

– Gehen wir etwas spazieren? Gehen wir raus, komm.

Meine Mutter antwortete nicht, sie sagten beide eine Weile nichts, schauten einander bloß an, schauten ab und an mich an, schauten weg, irgendwohin. Schließlich lächelte Toni, er konnte lächeln, dass die Blondierte drei ihrer rosa Lieblingstörtchen hätte essen müssen, um einen Vergleich zu haben im Mund.

Dass wir nicht mehr bei Toni in der Wohnung herumsaßen, war auch meinem Vater recht. Er war der Meinung, dass meine Mutter etwas frische Luft vertragen konnte. Man konnte bei Tat sehen, was passierte, wenn er bloß im Haus herumsaß, weil das Wetter zu schlecht war: Er wurde noch schneller schrumplig als seine Äpfel im Keller, es schien, als habe er es in letzter Zeit auf ein Wettrennen mit ihnen angelegt, und mein Vater wollte auf keinen Fall, dass meine Mutter sich auch auf einen Wettbewerb in Schrumpligkeit einließ, wenn schon der ganze Garten an ihm allein hängen blieb und nur ihn frisch hielt wie das Gemüse selbst.

Meine Mutter und ich holten Toni an der Tür ab. Gemeinsam erfanden sie über Wochen immer neue Worte für ihre Spaziergänge, ich schrieb mir alle auf, der Lehrer korrigierte sie gern, er war begeistert und nannte das *Wendungen*, wenn ich wieder eine mitbrachte, und was meine Mutter da hatte, sagte er, war eine Menge *Inspiration*:

Sie gingen *auf einen Sprung hinaus*. (Nur kurz.)

Sie gingen *frische Luft schnappen*. (Bloß um die Ecke.)

Sie *vertraten sich ein wenig die Beine*. (Um mal rauszukommen.)

Sie gingen *spazieren*. (Weil doch die Sonne scheint.)

Sie *bummelten*. (Trotz Regen.)

Sie *schlenderten*, während der Wind ging. (Das bisschen Wind, das geht.)

Toni bekam Schnupfen und wurde ihn nicht wieder los.

Schließlich *flanierten* sie. Die Königsdisziplin nannte das meine Mutter. Es diente der Erholung, wie das anschließende Sitzen in der Konditorei. Sie mussten sehr müde sein. Den Kaffee ließen sie kalt werden. Es gab lange Pausen. Das war nicht wegen Tonis Deutsch so, und das Deutsch meiner Mutter funktionierte ohne Probleme. Sie war es auch gewohnt, anderen stundenlang mit Sprache auszuhelfen, wenn sie die eigene verloren hatten. Jetzt hatte sie selber keine, und wenn sie und Toni doch redeten, hielten sie mich bei den Händen.

Wenn der Lehrer fragte, ob es eine neue *Wendung* gebe, musste ich den Kopf schütteln. Möglicherweise war meiner Mutter die *Inspiration* ausgegangen. Sie begann, Dinge zu verlegen: Einkaufslisten, Schlüssel, den teuersten Lippenstift, Geld und sogar den Fernsehnachmittag bei der Blondierten – eine Filmpremiere über die afrikanische Savanne – nur sie zwei, Sekt inklusive.

Um meine Mutter auf andere Gedanken zu bringen, schmiss ich auf der Einkaufsstraße eine Scheibe ein. Scheiben einschmeißen war etwas vom Ärgsten, was man sich leisten konnte. Tante Joujou und sie konnten sich einen ganzen Tag über eingeschmissene Scheiben in Zürich unterhalten, auch wenn das schon zwei Jahre her war, diese Scheiben waren legendär, sogar Tat hatten sie aus der Fassung gebracht. Er wollte genau wissen, ob es auch seine Versicherung getroffen hatte, immer wieder.

Meiner Mutter blieb die Spucke für Tage weg, sie konnte es sich nicht erklären, und mein Vater wusste auch nicht mehr weiter. Auf Anraten von Ruth und Walter strich er mir das Taschengeld ersatzlos, sie machten sich am Telefon ernsthaft Sorgen um mich.

Ich machte mir Sorgen um meine Mutter. Ich beschloss, ihr die Wörterschachtel WENDUNGEN zu zeigen, damit sie nicht in Versuchung kam, mich wieder irgendwo zu vergessen. Vielleicht würde ihr und Toni das auch weiterhelfen bei der Wörtersuche und eine Inspiration sein. Ich war ganz aufgeregt, als meine Mutter erstaunt las: WENDUNGEN, sie streichelte das Holz.

– Eine von Tats Zigarrenkisten?

Ich nickte. Lesend wechselte meine Mutter die Farbe fast so schnell wie die Tintenfische, die letzte Woche im Fernsehen zu sehen gewesen waren. Sie sah mich an, als wäre hinter mir ein Gespenst durchs Zimmer gegangen (weiß), warf die Schachtel an die Wand (rot), die WENDUNGEN flatterten in alle Richtungen. Sonst hatte ihr immer gefallen, was dem Lehrer gefiel. Bloß hierbei schienen sie einen völlig verschiedenen Geschmack zu haben. Ohne einen Ton zu sagen, ging sie aus dem Zimmer und schlug die Tür hinter sich zu. Die WENDUNGEN raschelten und FRISCHE LUFT SCHNAPPEN segelte vor meine Füße.

Ich blieb sitzen, ich war kurz davor, die Feuerwehr anzurufen. Tat hatte mir eingebläut, im absoluten Notfall ausschließlich die Feuerwehr zu rufen, nicht den Krankenwagen, weil die Feuerwehr in jedem Fall schneller ist. Ein Haus ist in diesem Land kostbarer als ein Mensch, davon war Tat überzeugt.

Ich rief Tat an, aber es war nur die Nachbarin am Apparat und wollte über den Zwetschgenkuchen reden, der grade im Ofen war, und über den Baum, von dem sie stammten; ein Baum, der Tat Kummer bereiten würde, weil er einem andern Nachbarn Kummer bereitete, da er alt war wie Tat und morsch, wenig Früchte machte, seit Jahren schon. Sie kam auf den Garten zu sprechen, der sich auf meinen Vater freut, weil Tat bloß noch sitzt und wartet, bis die Früchte reif sind, und selbst das würde er bisweilen in seinem Stuhl verschlafen, trotz der vielen Wecker und Uhren im Haus.

Ich flüsterte in den Hörer, dass Tat in der Feuerwehr ein wichtiger Mann ist und jetzt gebraucht wird wie niemand sonst auf der Welt. Sie holte Luft und schnauzte mich an, sagte, bei euch allen piept's doch einfach nicht richtig, und legte auf.

Mein Koffer stand unter dem Bett. Ich zog ihn hervor, starrte ihn an. Mit ihm war ich gekommen. Ich setzte mich neben ihn, machte ihn auf. Ich roch an ihm, er roch kaum. Ich nahm die Brille ab, er roch nicht stärker. Ich versuchte, mich hineinzulegen, aber er war zu klein. Wie sehr ich mir auch Mühe gab, wie sehr ich mich auch einrollte: Ich hatte keinen Platz mehr darin und blieb daneben sitzen, ging das Lexikon der guten Gründe im Kopf zweimal von vorn bis hinten durch. Ich fand nichts, das half. Auch im dicksten Lexikon nicht. Dort muss man immer schon wissen, wonach man sucht.

Als meine Mutter zurückkam, sammelte sie alle Zettel auf, den Duft von frischen Zitronen im Haar. Sie reichte mir die Schachtel und bat mich draufzutreten.

Es war schon dunkel, als mein Vater ins Zimmer trat und fragte, ob ich eine Reise plante, und falls ja, sagte er, lass es mich wissen, ich komm mit, egal wohin, der Tag war die Hölle.

– Was sitzt du denn im Dunkeln?

Er machte das Licht an.

– Hast du Eli gesehen?

Ich schüttelte den Kopf.

– Wir essen gleich. – Und? Wie war dein Tag?

Seit dem Gespräch mit Ruth und Walter wollte er Erfolge sehen. Tatsache war: WENDUNGEN war definitiv kein Erfolg gewesen, jedenfalls bei meiner Mutter nicht, WENDUNGEN half auch nicht gegen INSPIRATION, die aus war. Wenn er hiervon erfuhr, konnte ich mich mit meinem Koffer zu Eli setzen. Und warten. Wie Eli. Warten, dass nichts geschah, was es noch schlimmer machte.

– Nein, Eli hab ich nicht gesehen.

– In Ordnung. Komm jetzt essen. Hast du nicht gehört?

Das Ohr fest aufs Kissen gedrückt, liege ich im Bett.

Kein Licht, das blinzelt, keins, das flackert, später eins, das wandert. Der Bäcker fährt los, sein Auto schnarrt. Er hat nicht weit, das Auto ist neu, ein schönes Rot, er fährt es gern spazieren. Regen, der rauscht, er klopft auf die Dosen der winterharten Wörter, die vor dem Fenster stehen. Das Zimmer ist grün vom Nachtlicht in der Steckdose. Der Schlaf will nicht kommen.

Eli kennt das auch. Doch er ist voll von Bildern. Ich bin voll von nichts. Das Grün hilft nicht gegen das Schwarz, das nachts am schlimmsten ist.

Er kommt bestimmt, der Schlaf, el sueño. Ich warte.

Die Wörterschachteln gingen meiner Mutter auf die Nerven, weil sie immer größer wurden, aus allen Nähten platzten oder umkippten, auf dem Bett standen, wenn sie es neu beziehen wollte, mir den Schreibtisch verstellten, an dem ich Hausaufgaben machen sollte, den Blick aus dem Fenster, auch auf dem Fensterbrett stapelten sie sich.

Ich ging meiner Mutter auf die Nerven, weil ich die Schachteln überall dabeihaben wollte, ich sie zu Tat mitschleppen wollte und an den Walensee zu Tante Joujou und mich immer nicht entscheiden konnte, welche, um dort allen die Stimmung zu verderben, weil das Essen schon kalt war, weil wir zu spät kamen – meinetwegen – und ich dann den ganzen Tag angefressen war, wie meine Mutter es nannte, weil ich die falschen dabeihatte, weil ich mich beeilt hatte – ihretwegen.

Den letzten Nerv allerdings riss ich ihr damit aus, dass ich Wörterschachteln in den Keller trug, wo Tüten und Schatullen mit Schrauben und Nägeln herumstanden, von denen mein Vater welche in die Küche trug, weil er im Keller wegen der Wörterschachteln keinen Platz hatte, und fluchte, und meine Mutter fluchte, weil sie in der Besteckschublade Schrauben fand, Zettel mit

Fremdwörtern drauf oder Eigenwörtern oder einem Gefühl. In die Besteckschublade gehören keine Gefühle, auch keine Schrauben oder Nägel. Gefühlvolle Besteckschubladen sind ein *Unding*, und wenn mein Vater nicht wieder auf dem Sofa schlafen wollte, sagte er nicht vor ihr, dass das eher eine *Herausforderung* ist für den Kopf oder eine *Interessante Annahme, Denksport.*

BESTECKSCHUBLADE schrieb meine Mutter auf einen Zettel und klebte ihn auf die Lade. GESCHIRRSCHRANK an eine Tür, weil sie dort Reißzwecken, Muttern und Dübel fand und die Schachtel GANGGARTEN, auf der sie grade mit dickem Filzstift ein G wegstrich, als die Blondierte ihre rosafarbenen Lieblingstörtchen mit turmhoch Sahne drauf auf den Küchentisch stellte und fragte, ob meine Mutter den Verstand verloren hätte, ihr das Gedächtnis ausgefallen wäre, dass sie Buch führen müsste über die Küche, um sich an sie zu erinnern.

Meine Mutter riss eine Schublade auf und nahm eine Handvoll Gabelwörtermuttern heraus, zupfte ein paar Zettel hervor und las vor:

– LEID. WEH. JAMMER. TRÜBSAL. Liegt bei den Gabeln. TRÜBSAL BLASEN auch. Und bei den Löffeln? Was haben wir denn hier außer den Schrauben? KURZWEIL, LANGEWEILE –

Sie drehte sich zur Blondierten und legte alles auf den Tisch.

– Und dabei soll man den Verstand nicht verlieren? Sieh dir das an. Sonst glaubt das keiner. Ach, was red ich. Es hat ja keinen Zweck.

Zum Schrank sagte sie:

– Wo lebe ich eigentlich hier? Ich kann genauso gut in den Zirkus gehen, ich schwöre, ich gehe in den Zirkus. Eine Horde Affen in den Griff zu bekommen ist einfacher, drei Löwen ein Klacks; eine Elefantenherde krieg ich dazu, im Garten keine Primel zu zertreten, nach drei Wochen tanzen sie mir in Paaren Tango in der Küche, ohne auch nur einen Eierbecher zu zerschlagen.

Sie regte sich so sehr auf, dass die Blondierte bloß noch nickte, ihren Kaffee schlürfte, die rosa Kirsche von jedem Törtchen lutschte und in der Tasse löffelweise Sahne zergehen ließ, bevor sie mit dem letzten Schluck die Tasse ordentlich ausschwenkte, grüßte und ging, meine Mutter bemerkte es nicht einmal. Ich sammelte die Zettel ein und sah zu, dass ich ihr nicht in die Quere kam dabei. Meine Mutter war zu allem fähig. Sie konnte Wörter einfach in den Müll werfen, von wo ich sie wieder rausfischen musste.

– Wo findest du sie alle?, hatte Eli gefragt.

– Tat hebt sie mir auf, mein Vater schießt sie beim Autofahren mit links, meine Mutter lebt sowieso im Überfluss, sagt mein Vater, und dann ist da noch die Schule.

Eli bewunderte meine Eltern. Ihm fehlten viele Wörter, sogar in Spanisch. Er hatte zum Suchen einfach keine Zeit. Jedes Haus, das er anfing, musste bald fertig werden.

Meine Mutter sperrte viele Wörter weg. Sie hatte mir auch nur eine einzige Wörterschachtel geschenkt; gleich nachdem Ruth und Walter das erste Mal bei uns gewesen waren und wir auf dem Sofa lagen und sie beschlossen hatte, die beiden zu ihrer Beerdigung bestimmt nie einzuladen. Sie hatte gar nicht mehr aufgehört zu schreiben und vorzulesen. Die Wörter hatten eine bestimmte Ordnung, eine andere durften sie nicht haben. Ich konnte sie mir nicht merken, sie sagten mir nichts.

– Bau Eselsbrücken.

Meine Mutter schwor auf Eselsbrücken. Ihre hielten immer. Auf meine hätte ich keinen Fuß gesetzt.

– Dabei, sagte sie, ist es ganz einfach: Ich bin deine Mutter – das heißt, wenn alles gut geht. Ich habe eine Schwester, die wird deine Tante Joujou, deren zwei Söhne werden deine Cousins.

– Ich mag sie nicht.

– Das ist egal.

– Ist es nicht.

– Jetzt schon. Tat wird dein Großvater sein, seine drei Schwestern und vier Brüder deine Großonkel und Großtanten.

– Die kenne ich doch gar nicht alle.

– Das ist vollkommen egal! Hör mir lieber zu. Tat hat Eltern, das werden deine Urgroßeltern sein, deren Brüder deine Urgroßonkel und Urgroßtanten, sie sind schon alle tot, die Urgroßeltern sowieso. Deren Kinder sind die Cousinen ersten Grades von Tats Onkel, der ein Großonkel von dir sein wird, und dessen einer Sohn ist unser Cousin ersten Grades. Heißt: er war es, er kam bei einem Autounfall ums Leben. Und dessen Kinder wiederum werden deine Cousins zweiten Grades, während die Urenkel vom Bruder von Tats Vater deine Cousins dritten Grades werden.

– Kenne ich die?

– Nein. Und dann hast du Geschwister.

– Hab ich nicht.

– Nehmen wir mal an, du hast einen Bruder.

– Wie sieht er aus?

– Woher soll ich das wissen?

– Hab ich doch einen?

– Nicht dass ich wüsste.

– Oder eine Schwester?

– Davon stand nichts in den Akten.

– Habt ihr genau nachgesehen?

– Nehmen wir einfach an, du hast einen Bruder, dann kann ich es dir erklären.

– Wozu brauche ich das alles?

– *Das alles?* Das ist *Familie*.

DAS HIER WAR EIN Notfall, wie abgebrannte Olivenbäume, der Walensee bei Föhnsturm, Ruth und Walter in Aufruhr oder das Himmelelend meiner Mutter, das so plötzlich zuschlagen konnte wie der Winter bei Tat in den Bergen; die Sorte Notfall, dass ich drauf und dran war, die Feuerwehr anzurufen. Ich wollte es aber erst bei Toni versuchen. Ich musste fünfmal klingeln, bis er öffnete. Er trat von einem Bein aufs andere und schnäuzte sich. Seine Nase war ganz rot.

– Sie rinnt. Seit Wochen. Wird einfach nicht besser.

– Kann ich reinkommen?

– Geht nicht.

– Wieso nicht? Es ist dringend.

– Gehen wir spazieren.

– Ich will nicht spazieren gehen. Ich will nicht auch Schnupfen kriegen. Es ist wirklich dringend. Sonst muss ich die Feuerwehr rufen.

Ich hielt ihm das Heft hin. Er schnäuzte sich noch einmal und seufzte.

– Meinetwegen. Aber lange kannst du nicht bleiben.

In der Küche goss er mir ein Glas Milch ein. Ich schob es weg.

– Du musst es lesen.

Er schlug das Heft auf, blätterte es von vorn bis hinten durch. Auf acht Seiten hatten sie den Satz verteilt, auf jeder Seite ein Wort: DEIN VAHTER WAR EIN NIEMAND, DEINE MUTER PAPIER.

– Wer hat das geschrieben?

Ich zuckte die Schultern, und Toni trank das Glas Milch aus.

– Aber was soll ich damit?

– Was soll ich machen?

– Reiß die Seiten heraus.

– Dann fehlen sie.

– Na und?

Er hob mein Kinn an und schaute mich an.

– Du hast doch Eltern.

– Schon.

– Aber? – Setz dich.

Ich hatte Imelda erzählt, dass meine Eltern mich bei einer Firma bestellt hatten, die mich in Kommission genommen hatte und die zusehen musste, dass wir rechtzeitig unter die Leute kamen. Meine Mutter hatte mich angenommen, weil ich eine einmalige Gelegenheit gewesen war, und Imelda hatte gesagt, dass ihre Mutter sagte, dass ich als Tochter immer eine halbe Portion bleiben würde. Es ist wie ein Preisschild auf einem Teller, versprach Imelda mir, ganz schwer abzukriegen, und später würde immer etwas dran kleben bleiben.

– Sie haben dich ausgesucht. Dich.

Ich schwieg.

– Was?

– Ich bin nicht das große Los.

– Sagt wer?

– Alle.

Toni legte den Kopf schief.

– Und was bist du sonst noch? Ein Augenstern vielleicht? Genau, ein Augenstern.

– Ein Brauner Zwerg.

Er nahm mich in die Arme und versuchte, mich zu trösten. Offensichtlich hatte Toni vom Himmel keinen Schimmer oder Braune Zwerge hießen in Italien völlig anders.

– Du wirst schon noch wachsen.

Die Knöpfe auf seinem Hemd verschwammen, die Nase lief, ich machte sein Hemd nass. Wir blieben sitzen, ich weiß nicht, wie lange. Er gab mir sein Taschentuch, nur Tat hatte auch so große.

– Und setz die Brille auf.

– Spielen wir Verstecken?

– Nein, das geht nicht.

– Weshalb nicht?

Es war doch wie immer, ich war wie immer, ich war noch nicht einmal viel größer, alles war wie immer, alles wie früher, wie vor den Ferien. Toni roch nach Zitrone, das Zimmer nach kleinem Kaffee, das Sofa pikste, die Wasserleitungen rauschten, der Teppich fluste, die Uhr tickte, der Fernseher unter uns dröhnte, und seine rosafarbene Zeitung lag auf dem Tisch. Sogar meiner Mutter ging es auf die Nerven, sich immer draußen herumtreiben zu müssen, seinen Schnupfen ertragen zu müssen, das Schniefen und Niesen, die rote Nase, mit der er auch an Sonntagen etwas weniger aussah wie ein Filmstar. Sie fand es idiotisch. Er stand auf und drehte das Radio an.

– Du wartest hier. Rühr dich nicht vom Fleck. Ich gehe Kuchen holen, aber dann musst du gehen. Versprochen?

Ich nickte. Schon im Flur, kam er noch einmal herein und rief:

– Schokoladenkuchen? – Und du rührst dich nicht vom Fleck, ja?

Ohne die Antwort abzuwarten, knallte er die Tür zu.

In Tonis Schlafzimmer war es dunkel. Ich zog die Vorhänge auf. Früher hatten wir Verstecken gespielt bis unters Bett. Er wollte es nicht mehr, weigerte sich, sagte, ich sei zu groß dafür geworden. Seit seinen Ferien in Italien war ich für das meiste schon zu groß und für vieles noch zu klein. Ich durfte nicht mehr seine Sachen anziehen, in seinen Schuhen durch die Wohnung rennen, in seinen Hemden durch die Zimmer flattern und Vogel spielen, die Ledermappe seines toten Onkels mit Papier und ausgelesenen rosa Zeitungen vollstopfen, Listen schreiben, ihn mit dem Maßband ausmessen, nämlich Amt spielen und Vormund; ja, Ruth und Walter spielen war seit seinen Ferien kindisch, auf seinem Bett zu hopsen verboten, Kissenschlachten machten die Bettwäsche kaputt, obwohl er früher gelacht hatte, wenn ein Kissen platzte, obwohl wir sogar zu dritt auf seinem Bett gehopst waren, bis die Latten heraussprangen. Er hatte sie einige Male wieder einsetzen müssen und hatte geflucht dabei, eine halbe Wörterschachtel voll Italienisch war dabei herausgekommen, und nicht die kleinste.

Das Bett, der Wecker, der Stuhl mit drei Beinen. Das vierte lag daneben. Wie vor seinen Ferien. Unter dem Bett die Kartons voller Fotos und Blumen aus Plastik in einer Tüte. Die Zeitschriften, der eingerollte Teppich, sogar der Fußball lag noch da. Die Luft war ihm ausgegangen. Außerdem: Unter sein Bett passte ich noch immer, ich würde es ihm vorführen müssen.

Die alte Kiste, der Teppich mit den bleichen Farben, die Kommode, an der eine Schublade zerkratzt war. In einer Schublade eine alte Uhr und Bücher, Kleider in einer andern. Sie rochen gut. Nach Zitrone. Wie alles nach Zitronen roch, sogar die Bilder mit Heiligen. Daneben lagen in einer Schachtel Schrauben, ein Hammer, Kugelschreiber. Noch mehr Kleider. Auch welche in meiner Größe. Er schien sie aus den Ferien mitgebracht zu haben wie den neuen großen Schrank. Ich öffnete ihn. Im Schrank saß ein Mädchen.

Ich schloss ihn wieder und nahm die Brille ab. Man kann seinen Augen nicht trauen, wenn sie verglast sind. Dann öffnete ich den Schrank noch einmal.

Das Mädchen war immer noch da. Ich fasste sie an.

Sie quietschte.

Ich roch an ihr. Tatsächlich, sie roch.

Gut.

Nach Rosinen.

Ich setzte die Brille wieder auf.

– Was machst du dadrin?

Sie gab keine Antwort. Saß bloß da auf einer Häkeldecke und glotzte mich schweigend an.

– Spielst du Verstecken? Toni ist weg. Du kannst rauskommen.

Sie sagte auch noch immer nichts, als ich die Schranktüren weit öffnete. Die Innenseiten waren mit Fotos beklebt. Ich setzte mich vor ihr auf den Boden und zeigte auf das größte.

– Und wer ist das?

Ich musste zweimal nachfragen.

– Sag schon. Wer ist das?

– Meine Mutter.

– Wer?

Sie redete so leise wie die Blondierte, wenn sie in ihrem Briefkasten nach Post wühlte.

– Meine Mutter.

– Auch künstlich?

– Was heißt künstlich?

Ich konnte kaum verstehen, was sie sagte. Sie guckte auf den Boden, als ob sie dort Wörter suchen würde.

– Bringt dir jemand Wörter mit?

– Was?

– Du kannst sicher welche brauchen. Warst du teuer?

– Kinder kosten nichts.

– Hast du eine Ahnung! Wo ist deine Mutter?

– Im Himmel.

Himmel: Sie dehnte das Wort. Dieses und jedes andere dehnte sie am falschen Ende, sie zog daran, irgendwo schienen sie festzuhängen und schnurrten plötzlich zusammen, und den Rest verschluckte sie einfach. Außerdem hatte sie eine breite Zahnlücke. Ich hätte auch eine haben wollen. Naturkatastrophe hatte durch seine fast drei Meter weit spucken können.

– Bist du aus dem Ausland?

Sie schüttelte heftig den Kopf.

– Und von wo kommst du dann?

– Von zu Hause.

Sie war nicht groß und käsebleich. Viel Haar, langes; Locken, wie meine Mutter sie gern für mich gehabt hätte, Augen wie meine schönste Murmel.

– Kannst du hierbleiben?

– Weiß nicht.

– Es ist doch überall dasselbe. Kommst du nie raus?

– Am Abend. Und sonst manchmal, wenn mich mein Vater rausholt.

– Und wer ist dein Vater?

– Toni natürlich.

– Dann bist du doch aus dem Ausland. Dann bist du auch eine Überfremdung. Wie Eli.

– Was ist eine Überfremdung?

– Etwas, von dem sie nicht wissen, wohin damit.

Sie starrte auf ihre nackten Füße. Ihre Zehen wühlten in der Häkeldecke. Langsam zog sie die Türen zu, sie bat mich zu gehen, nichts zu sagen, niemandem, nie.

Ich blieb eine Weile vor dem Schrank stehen.

– Ich bringe dir Wörter mit. Du brauchst Wörter.

Ich legte mein Ohr an die Schranktür.

– Jeder braucht Wörter.

Nichts rührte sich.

– Brauchst du Sonne? Ich kann dir eine mitbringen.

Es blieb still. Auch als ich die Vorhänge zuzog, rührte sich nichts. Ich rückte alles an seinen Platz. Ich machte es, wie wenn ich das Schlafzimmer meiner Mutter nach versteckten Süßigkeiten durchsucht hatte.

Schneewittchen war verschwiegen wie ein Grab. So verschwiegen, dass es sogar Elis Post auffraß, damit sie keiner finden konnte. Elis Kumpel packten sie seither in eine Brotdose, und Schneewittchen setzte sich drauf, genoss die bessere Aussicht.

Löwenzahn und Salat, Salat und Löwenzahn: Damit konnte man Schneewittchen begeistern, es fraß so schnell wie der elektrische Gemüseschredder bei Dejan und Mirela in der Restaurantküche.

Mit ihm konnte man vernünftig reden, Schneewittchen verstand, rupfte den Löwenzahn durch den Maschendraht, und ich konnte alles loswerden: dass mir die Überfremdung allmählich zum Hals heraushing. Dass ich sie nicht mehr sehen konnte. Dass es das noch nicht mal bei der Chefin gegeben hatte, dass immer ein Bett frei gewesen war für Notfälle, sogar für Notfälle wie Naturkatastrophe war immer ein Bett frei gewesen. Ich erklärte Schneewittchen, dass die Chefin bloß zusehen musste, dass wir rechtzeitig unter die Leute kamen und nicht im Heim verschimmelten, dass die Quote stimmte und wir, wenn möglich, weggehen sollten wie warme

Semmeln, je früher desto besser. Dass bekannt war, dass sie aus der Gemüsebranche zu uns gekommen war und ihr von damals die Vorliebe für frische Auslagen geblieben war, sie deswegen Sauberkeitsfanatikerin war, Ingenieurin für Bügelfalten, Sandmannentfernungsfachfrau, eidgenössisch diplomierte Fingernagelprüferin, Ohrenbeschauerin und Sockeninspektorin und dass man sie mit nichts mehr provozieren konnte als mit Pfirsich- oder Grasflecken auf frischen Sachen. Nicht einmal Naturkatastrophe hätte gewagt, sich absichtlich auf einen Pfirsich zu setzen oder auf der Wiese herumzurutschen. Frisch mussten wir sein. Frisch wie Salat. Oder Löwenzahn.

So gesehen war Eli nicht mehr einfach unter die Leute zu kriegen. Frisch war er ja nun wirklich nicht mehr, und die weißen Monde, die er von Farbe und Gips unter den Nägeln hatte, die hätten die Chefin zur Weißglut getrieben.

Ich machte eine Pause. Schneewittchen kaute und mahlte, ich hatte seine ganze Aufmerksamkeit und sagte:

– Trotzdem: Eine Überfremdung wäre bei der Chefin einfach nicht in Frage gekommen, von Amts wegen schon nicht, es gibt keine Geheimfächer für Menschen, in einen Kleiderschrank gehören Kleider, sonst nichts.

Ich trat gegen den Eimer mit Elis Maurerkellen. Schneewittchen hörte auf zu fressen.

– Du hast richtig gehört: Im Schrank, flüsterte ich, sie wohnt tatsächlich im Schrank. Sie muss ein Geheimnis bleiben. Toni versteckt sie da. Meistens, sagt sie. Er versteckt sie vor uns. In so einem Schrank ist weniger Platz als in deinem Stall. Vergleichsweise.

Ich schwor Schneewittchen beim Löwenzahn aller Wiesen, in jedem Schrank nachzusehen, ob noch mehr Überfremdung dort festsaß, vielleicht sogar Eli. Man konnte nie wissen. Ich öffnete die Brotdose. Sie war leer, keine Post für Eli, nichts, und mir fiel ein, dass ich vergessen hatte, das Mädchen nach seinem Namen zu fragen.

– Ich weiß nicht mal, wie sie heißt.

Schneewittchen blinzelte, ich vergrub den Kopf in seinem Fell, fragte den Hasenbauch:

– Was machen wir jetzt? – Wo steckt Eli bloß, und wo ist Vogel?

Vogel, sagt Toni, flog mit Sicherheit in den Himmel. So eine weite Reise, sagt er, aber keine Angst: den Süden wird er schon finden.

Der Lehrer sagt, er ist *Atheist*. Er glaubt nicht an den Himmel als Wohnort. Meine Mutter ist auch *Atheist*, sagt sie. Sie ist erleichtert, dass es einen Namen gibt für das, was sie hat. Der Himmel ist ihr nicht möglich. Sie kriegt ihn einfach nicht zu fassen.

– Aber eins ist sicher, sagt der Lehrer: Es gibt keinen Süden im Himmel.

Wie besucht man jemanden, den es nicht gibt, fragte ich Tat am nächsten Sonntag.

– Mit dem Kopf, sagte er.

Er bat mich, das Bild der Tatta vom Sims zu holen, und wischte es mit dem Ärmel der Wolljacke sauber. Ich kannte sie nur aus Erzählungen. Ganz Graubünden erinnerte sich gern an die Tatta und spuckte auf die Seelenärzte, die sie unter die Erde gebracht hatten. Sie sagten, dass Seelenärzte Reicheleutekram sind, dass reiche Leute eine Klasse ist, eine andere Klasse, die fast ausschließlich im Unterland lebt und sich nur auf Kur in die Berge verirrt und dann glasige Augen kriegt von deren Schönheit, einen roten Kopf und verblasene Ideen darin von der frischen Luft und der Sonne, die sie unterschätzen, genauso wie jeden Sturm und den Schnee, der nur auf Postkarten die schönen Schuhe nicht aufweicht.

– Parterreschweizer!

– Was weiß so einer von unsereiner?

– Nichts.

– Und was hat der Seelenarzt der Tatta gebracht? Tot ist sie trotzdem.

– Arme Seele.

– Gott hab sie selig.

– Keine konnte mit Kartoffeln so umgehen. Erinnerst du dich an ihr Maluns?

– Sagenhaft.

– Und ihre Polenta?

– Unvergesslich.

– Und erst das Gämspfeffer.

Ganz Graubünden erinnerte sich an ihr Essen, es war dort weltberühmt.

Alles, was Tat in seinen Händen hielt, zitterte. Tassen, Teller, Gabeln, die Uhren, die er aufzog, Früchte, die er reichte, die Tatta auf dem Bild. Sie zitterte besonders. Tat konnte sie kaum halten: kleine Tatta, breite. Mit schiefen Schuhen und einem Blumenstrauß in den Händen stand sie vor einem Brunnen.

– Aber sie ist doch tot.

– Na und? Sie besucht mich oft und ich sie.

– Wo?

– Hier. Und dort, wo ich mit ihr war. Es ist ganz leicht. Du kannst es auch.

– Kann ich nicht.

Er wollte wissen, weshalb ich das Lexikon der guten Gründe vernachlässigte.

– Darum.

– Da! Schon wieder. Du musst bessere Gründe finden. Argumente eben. Habe ich dir das nicht schon erklärt? Und, sie zu besuchen ist wirklich ganz leicht. Und es funktioniert immer. Ruf mich gefälligst an, wenn du bei ihr warst.

Das Ohr fest aufs Kissen gedrückt, liege ich im Bett. Mein Vater schnarcht, meine Mutter schnarcht, der Nachbar flucht, die Tür in den Garten geht, Oskar furzt; sie haben ihm wieder die Knoblauchwurstzipfel aus Dejans Restaurant gegeben, jetzt muss er draußen schlafen. Er dreht und dreht sich um die eigene Achse auf dem Stück Pappe unter dem Vordach, ich dreh und dreh mich; er winselt schon im Schlaf; ich dreh mich, und er rennt im Traum, ich kann das Scharren seiner Füße hören, alle kann ich schlafen hören.

Er kommt bestimmt, mein Schlaf, mi sueño. Ich warte. Wenn ich warte, geschieht nichts.

– SIE HEISST MILENA, SAGTE ich zu Schneewittchen. Toni nennt sie Mili.

Ich schob Löwenzahn durch den Maschendraht, Karottenschalen und die Salatreste, die meine Mutter mir mitgegeben hatte.

– Mili mag Popcorn und die Farbe Grün. Ihr Haar findet sie langweilig. Sie sagt, dass ist normal in dem Italien, aus dem sie kommt, sie hätte lieber blondes. Ihrer Meinung nach ist meins noch viel langweiliger, noch dunkler als ihres, ihre halbe Verwandtschaft hat solche Haare. Außerdem, die Schweiz ist schuld, dass sie im Schrank sitzen muss, sagt sie, sagt Toni; auch, dass die von der Ausländerpolizei totale *Sesselfurzer* sind und ewig nicht vorwärts machen. Sie sagt, dass die Köpfe haben wie Eisschränke. Das Leben ihrer Großmutter hat nicht die Engelsgeduld aufbringen können, die ein Ausländerpolizeisesselfurzer brauchte, und es hat sie aufgegeben, die Großmutter ist gestorben, und deshalb konnte sie nicht mehr in Italien bleiben, und Toni kann nicht zurück nach Italien, weil es jetzt grad so gut läuft bei ihm mit den Plastikförmchen und dann noch in der Verzinkerei. Er kann endlich wieder an einen Olivenwald in Italien denken. – *Sesselfurzer* ist ihr Lieblingswort und Grün ihre Lieblingsfarbe, ihre absolute Lieblingsfarbe.

Ich schrieb *Sesselfurzer* mit Kreide auf die Steinplatten.

– Wir müssen geheim bleiben, sie sagt, sie darf es nicht verderben, sie sagt, Toni sagt, dass der Olivenwald jetzt an ihr hängt und dass er alles tut, um ihr den Schrank so schön wie möglich zu machen.

– Machst du mal vorwärts da draußen? Es fängt gleich an zu regnen. Ausmisten, hab ich gesagt. Der Stall muss glänzen.

Vom Fenster aus, das meine Mutter grade putzte, hatte sie mich genau im Auge. Ich beugte mich zu Schneewittchen herab und verdrehte die Augen.

– Ruth und Walter kommen.

Sesselfurzer wischte ich vorsichtshalber von den Steinplatten.

Ein *Desaster*: das war der Besuch von Ruth und Walter gewesen, ein einziges *Desaster*. Ein *Desaster* war etwas, für das es keine Worte gibt. Danach wollte meine Mutter nur noch unter die Leute, und zwar unter solche, die noch bei Verstand waren.

Unter dem Baum mit der schönsten Aussicht packte sie schäumend vor Wut ihre Butterbrote aus und riss sich die Plastikkapuze vom Kopf. Es nieselte.

– Was glauben die eigentlich, wer sie sind?

Ohne ein Wort zu sagen, aß sie ein ganzes Brot auf, sie schien mich vergessen zu haben.

Ruth und Walter hatten es mit ihr verdorben. Weshalb, wusste ich nicht. Das war nichts für Kinderohren, und sie richtete heute ein Begräbnis aus, das auch nichts für Kinderohren war, nämlich das von Ruth und Walter. Es würde weder ergreifend noch schön werden, versprach sie dem Friedhof, der sich auf etwas gefasst machen konnte, wenn die beiden zur Hölle fahren würden.

Eigentlich wollte so eine Beerdigung kein Mensch sehen. Vor allem nicht bei diesem Wetter. Es goss in Strömen. Die wenigen Autos, die angefahren kamen, blieben irgendwo vor dem Friedhofstor stecken und versanken im Schlamm. Die Trauergemeinde, ein paar Nasen vom Amt, watete durch Pfützen und Bäche, der Pfarrer lag im Bett und schickte eine Vertretung, die nicht ortskundig war und sich so verspätete, dass die Särge im stehenden Wasser der Gräber anfingen zu schaukeln und Walter schon gefährlich Schlagseite bekam. Eli und der Friedhofsgärtner hatten sich entschlossen, die Gräber zuzuschaufeln, so schnell es eben ging. Die Blasmusik fiel wegen des Regens bis auf zwei Trompeten sowieso aus, und als die Vertretung des Pfarrers mit nassen Schuhen und aufgeweichten Notizen endlich ankam, klopfte Eli grade die Hügel glatt und musste sich die Frage gefallen lassen, wer von beiden nun in welchem Grab lag.

– Und wie Eli so ist: Um solche Dinge kümmert er sich nicht. Den Rest erledigt der Regen. Sogar die Holzkreuze wäscht er weg. Werden Tage später aus den Büschen beim Fluss gezogen. Kann sich keiner vorstellen, so einen Regen. Die frischen Gräber leer gefegt, der Rechen beim Wehr gesprenkelt mit schwimmenden Blumen und Kränzen vom Amt. Und auf dem Friedhof keine Spur von den beiden, nichts. Als wären sie nur ein böser Traum gewesen. Nach nur einer Woche. Die Zeit heilt alle Wunden.

– Papperlapapp!

Die Zeit heilt nicht alle Wunden. Tat hatte so viele zu beklagen, dass ihm am Sonntag die Luft bei der Aufzählung ausging, er sich hinlegen musste, einen Hustenanfall und schlechte Laune bekam.

– Wer behauptet so einen Unsinn? Meine Schwiegertochter? Und dass Tote weggeworfen werden nach fünfundzwanzig Jahren, ist das auch auf ihrem Mist gewachsen? Sie bleiben liegen. Auf ewig. Basta. Sie kriegen einfach Gesellschaft. Das ist alles.

Die Beschreibung der Beerdigung allerdings machte ihm Eindruck. Er setzte sich aufrecht hin im Bett und bat mich, seine Beine ordentlich hinzustellen; eins war umgefallen.

– Und?

– Was?

– Hast du sie besucht?

– Wen?

– Die Tatta natürlich. Hab ich dir doch aufgetragen.

– Ich kann das nicht.

– Mach es so, wie ich's dir erklärt habe. Mit dem Kopf. Bring mir das Bild.

Tat streichelte den Rahmen.

– War sie nicht schön?

Ich nickte. Ihm liefen die Tränen übers Gesicht. Tat war in einer merkwürdigen Stimmung.

– Die Nachbarin ist auch schön. Sie schaut nach mir. Ab und an backt sie mir einen Kuchen. Es will alles nicht mehr richtig.

Er deutete auf seine Beine und hielt mir den Unterteller hin, die Tasse darauf schlotterte, und als er sich etwas Kaffee hineinzugießen versuchte, kleckerte er, ich musste ihm ein Tuch bringen und musste mich enorm zusammenreißen, um ihm nicht zu sagen, dass es andern noch schlechter geht als ihm, dass andern die lebensnotwendigen Großmütter gestorben sind und sie nun in Schweizer Schränken festsaßen und es kompliziert war, zu ihnen zu gelangen, weil sie nicht raus konnten, weil es sie nicht gab, ganz im Gegensatz zu Tat, der im Bett saß wie ein König, dem ich das Kissen aufschüttelte, wann immer er es wollte, dem meine Mutter Milch mit Honig brachte und Äpfel aus dem Keller; einem Keller, der voll war mit Äpfeln, die mein Vater für ihn gepflückt hatte. Tat, der sich frei bewegen könnte, wenn er nur wollte. Wenn er sich nur die Beine anschnallen würde, könnte er in den Garten gehen, den Garten noch ein bisschen genießen, bevor hier der Schnee fiel, den er schon seit einer Woche in den Knochen hatte und seit heute früh in der Nase.

Tat drehte sich zur Wand.

– Vergiss nicht, Sepp das Futter hinzustellen. Und sag deinem Vater, dass er die Uhren aufziehen muss. Alle.

Das Ohr fest aufs Kissen gedrückt, liege ich im Bett. Ich darf kein Licht mehr machen. Bei schlechtem Licht darf ich nicht lesen. Es tut meinen Augen nicht gut, sie sind von Natur aus angeschlagen, ich darf sie nicht überfordern.

Zu viel Lesen ist ungesund. Es hat Folgen. Meine Mutter weiß genügend Beispiele.

Onkel Theo, ein Sonderling.

Tante Tilde, eine alte Jungfer.

Die Nachbarin im Erdgeschoss, tot.

Lesende, sagt sie, bleiben unverheiratet, haben Hände wie Kinder und reden im Alter mit sich selbst. Haben sie zu Hause einen Unfall, fällt es niemandem auf. Bücher rufen keine Krankenwagen, sie schreien nicht in den Hörer, machen keine halben Sätze, weinen oder holen Hilfe. Sie machen eine Hausräumung ohne Murren mit. Kistenweise wurden sie aus dem Erdgeschoss nach Wien abtransportiert.

Er kommt bestimmt, der Schlaf, el sueño. Ich warte. Auf eine Gelegenheit.

– Der Krebs hat Milenas Großmutter komplett aufgefressen, sagte ich zu Schneewittchen. Nicht zu glauben: ein Krebs.

Schneewittchen knabberte an der Karotte, die ich mitgebracht hatte.

– Milena sagt, dass sie den Himmel auswendig lernt, die Sterne und alles, damit sie sich ohne Probleme zurechtfindet, wenn sie dann mal hinmuss. Das kann sehr schnell gehen. So schnell wie im Fall ihrer Mutter, an die sie sich nicht erinnern kann, oder wie im Fall der Großmutter, die ihr sehr fehlt. Sie sagt, Toni sagt, dass sie krank geworden ist, nachdem er in die Schweiz gefahren war, um hier zu arbeiten, und dass es vorauszusehen war, dass sie sterben wird. Alle hofften bloß, dass die Großmutter noch etwas durchhält, bis Toni in der Schweiz alles geregelt hat. Aber die Schweiz kann das nicht so schnell regeln, weil Mili eine internationale Angelegenheit ist. Die Schweiz findet, dass seine Tochter zu ihrem Onkel nach Deutschland fahren oder in Italien bei einer der Schwestern bleiben soll. Aber bei einer von Tonis Schwestern kann Mili unmöglich bleiben, weil sie keine der vier ausstehen kann, und Deutschland hat schon genug an Tonis Bruder und meint, die Schweiz soll sich um ihn kümmern, da Toni ja hier arbeitet und Mili seine Tochter ist und nicht die des Bruders. Und jetzt ist sie da. Aber das ist nicht das Ende der Welt, sagt Toni, er versucht sie zu trösten, und er macht auch alles, dass der Schrank bequem ist und schön. Sogar Licht gibt's dadrin und an der Wand Tapete. Und einen Spiegel! Wir haben uns darin gemeinsam angesehen, und ich habe ihr Tats Rezept verraten: Blinzeln, einmal blinzeln, und wenn man Glück hat, bleibt das Bild im Kopf für immer.

Als Schneewittchen mit der Karotte fertig war, stopfte ich noch eine Unmenge Löwenzahn hinterher. Löwenzahn, Klee und Spitzwegerich: sein Lieblingsessen. Unglaublich, wie viel Mist Schneewittchen mit frischem Grünzeug machen konnte. Seit ich Imelda in der Schule mit den Hasenkötteln beschossen hatte, wollten alle welche haben. Ich pulte sie aus der hintersten Ecke heraus, verpackte sie in Tüten und tauschte sie gegen Comics und Kaugummis ein.

In Elis Brotdose lag ein Brief der Polizei.

– Von der Polizei?

Tat zog die Brauen hoch. Ich nickte.

– Weiß es dein Vater?

Ich schüttelte den Kopf. Tat rieb sich das Kinn, und es klang, als schmirgle mein Vater Holz in der Werkstatt. Er streichelte die Lehne seines Lieblingsstuhls und zog die Strickjacke enger um sich.

– Hast du ihn aufgemacht?

Wieder schüttelte ich den Kopf.

– Ist er noch da?

– Weiß nicht.

– Kommt Eli ihn holen?

– Weiß nicht.

– Wo ist er denn?

– Wissen wir nicht.

– Was hat er denn angestellt?

– Er ist erwischt worden. Vorgestern.

– Wobei denn?

– Beim Arbeiten.

Tat spitzte den Mund und griff nach einer Toscani. Jetzt konnte ihm nichts mehr abfallen. Die Beine waren schon weg, er paffte mit geschlossenen Augen, seufzte und fragte:

– Er ist nicht mit einem blauen Auge davongekommen?

– Das auch. Aber der, den er am Abend zuvor geschlagen hatte, hatte eine gebrochene Nase und hat ihn bei der Polizei gemeldet.

– Er hat sich geprügelt?

– Nur ein bisschen, sagen seine Kumpel von der Baustelle. Sie mussten zu einer *Einvernahme*, sagt mein Vater. Und dabei ist rausgekommen, dass Eli gar nicht mehr hier sein darf. Was ist *Einvernahme*?

– Die Polizei fragt dich etwas, und du musst unbedingt die Wahrheit sagen. Es ist jedenfalls besser, du tust es. In den meisten Fällen jedenfalls.

In der dicken Toscaniwolke kreisten Fliegen, eine setzte sich auf Tats Nase. Um sie loszuwerden wedelte er mit den Händen, ein Stück Glut fiel auf seine Strickjacke und brannte ein Loch hinein.

– Mierda de giat! Lumpamenta! So ein Saupack.

Dann sah er mich lange an.

– Soll ich dir was sagen? Ich habe heute die Tatta gesehen. Ganz deutlich. Wenn du's genau wissen willst: Sie saß da, wo du jetzt sitzt. Sagte keinen Ton, wollte nichts weiter, ich habe sie gefragt. Hast du sie auch gesehen? Draußen vielleicht?

Ich schüttelte den Kopf. Er schwieg eine Weile und drückte die Toscani in der Untertasse aus.

– Ich bin müde. Ich möchte jetzt allein sein. Lass mich allein.

In der alten Wäscheschleuder im Garten zog Tat die besten Erdbeeren. Im Waschhaus schichtete mein Vater Holz. Tat schien Holz zu sammeln. Ich lernte: *Sperrholz*, *Latten, Leisten, Furnier.* BRETTER kannte ich schon, mein Vater schichtete sie in Regale. Den halben Baumstamm rollte er von einer Ecke in die andere, schlug dann die Axt hinein und ließ ihn stehen. Dann sägte er Scheite in die Länge, die in Tats Ofen passte, und ich legte sie in Körbe.

– Tat sieht die Tatta.

– Was?

Er stellte die Säge ab und nahm sich die Watte aus den Ohren.

– Tat kann die Tatta sehen, sie hat sich zu ihm gesetzt.

– Hat er Schmerzen?

– Davon sagte er nichts.

– Und was tut er jetzt?

– Er will allein sein.

– Lass ihn schlafen. Ich bin hier gleich fertig. Leg Holz nach in der Küche. Das gute von Curdin.

– In Elis Brotdose liegt ein Brief der Polizei.

Mein Vater lehnte sich an die Wand und schaute dem Staub zu, der um die Glühbirne waberte, dann legte er den Schalter an der Säge wieder um. Kreischend kam sie in Gang, und er stopfte sich die Watte in die Ohren.

Zu Hause legte ich SPERRHOLZ, LATTEN, LEISTEN, FURNIER und BRETTER ZU HOLZARTEN, mein Vater hatte mir bei Tat eine Kiste gemacht und HOLZARTEN in den Deckel geritzt. Ich strich mit dem Finger darüber, der Deckel roch bitter.

– Nuss, sagte mein Vater. Walnuss.

– Ich habe mir zwölfmal auf die Zunge gebissen, fünfzehnmal keinem was gesagt, auch Tat nicht, und drei Kekse, zwei Kaugummi und eine halbe Tasse voll Sahnebonbons beiseitegelegt, sagte ich zu Schneewittchen. Ich habe ein *Batman*-Comic zu dir ins Stroh gestopft und mein ganzes Taschengeld für Popcorn ausgegeben, um es mit Milena zu teilen. Jetzt habe ich kein Geld mehr, um Imelda zu bezahlen, weil sie gesehen hat, wie ich *Batman* eingesteckt habe. Ich werde sie in den Fluss werfen müssen. Auf dich ist auch kein Verlass. Du hast *Batman* gefressen.

Ich hielt Schneewittchen die zerfressenen Seiten hin.

– Wo ist der Rest? Ohne den Rest kann man es nicht lesen. Wozu bringe ich dir all das Grünzeug? – Und Toni will mit mir reden. Ich will nicht mit ihm reden. Die Schweiz soll vorwärts machen wegen Milena. – Und mein Vater sagt, dass wir uns die Adoption in die Haare schmieren können, wenn sie Eli bei uns erwischen. Dann würden sie meinem Vater eine *Illegalität* anhängen. Ruth und Walter würden das noch weniger gern sehen als Staub und verschimmelte Orangen. Mein Vater sagt, dass das Amt sagen wird, dass solche Eltern ein schlechtes Beispiel sind und sie vom Gefängnis aus auch nicht für ein Kind sorgen können.

Ich trat gegen den Gartenzaun, bis Oskar an ihm hochsprang. Er fletschte die Zähne.

– Wenn erst das mit Mili herauskommt, geht die Adoption doppelt in die Binsen. Meine Eltern werden wie Naturkatastrophes Vater von Onkel Eugen abgeholt, ich muss zur Chefin zurück und habe wegen der Sache bestimmt einen Aktenberg, und Milena muss zu einer von Tonis Schwestern, bis die Schweiz mit Italien geregelt hat, wann Toni nach Italien zurückmuss, weil er auch eine *Illegalität* am Hals hat. Und Tat muss ins Irrenhaus, er kann nämlich die Tatta sehen. Meine Mutter sagt, dass das fast so gut ist wie weiße Mäuse. Sie sagt, dass sie nicht will, dass die Adoption flöten geht wegen meinem Vater, der schon mit Tat vorbelastet ist, und nun noch Ausländer auf der Pelle sitzen hat, und mein Vater hat wieder Krach mit ihr wegen der Ausländer, vor allem wegen Eli, er schläft freiwillig auf dem Sofa.

– Ob Tat auch weiße Mäuse sehen kann?

– Sepp ist tot.

Ein alter Hund schon, aber am Alter war er nicht gestorben.

– Voller Schrot, schluchzte Tat ins Telefon. Er ist voller Schrot.

Er bat uns zu kommen. Gleich. Sofort. Die Nachbarin war bei ihrer Tochter in den Ferien und konnte Sepp nicht begraben, Tat konnte Sepp auch nicht begraben, nicht mit seinen Beinen, der Jäger hatte Sepp einfach vor die Tür gelegt mit einem Zettel, auf dem stand: zwei Rehe!

Ich versuchte Tat damit zu trösten, dass Sepp nun bei der Tatta ist, und Tat sagte:

– Gib mir meinen Sohn.

Auch Tat stand manchmal mit dem Lexikon der guten Gründe auf Kriegsfuß.

Meine Mutter weigerte sich, bloß wegen Sepp zu Tat zu fahren, mitten unter der Woche. Aus meinem Kopf sollte etwas werden, ich musste zur Schule.

– Sag ihm, wir kommen ja in drei Tagen. Und wann machst du den Wasserhahn?

Mein Vater drehte die Telefonschnur in den Händen und fragte Tat, ob es draußen auch tagsüber jetzt hart fror und bat ihn dann, Sepp bis Sonntag in einer Schachtel hinters Haus zu legen. Hinter Tats Haus war es ruhig, besonders im Winter, wenn der Schnee ums Haus wuchs, vom Dach rutschte, von den Bäumen rauschte, die nachts schnarchten und murrten wie Oskar im Schlaf. Man hörte die Schneeflocken sogar fallen, sie konnten sich noch so bemühen, leise zu sein. Die Sonne schien dort nie, und der Schnee hielt sich dort am längsten. Tat hatte erzählt, dass er direkt aufs Dach hatte steigen können, um nach dem Kamin zu sehen, damals, als er noch beide Beine hatte, alle Zähne und große Augen für Frauen. Mein Vater seufzte und machte sich ein Bier auf.

– Der Wasserhahn tropft.

– Nur wenig.

– Aber er tropft.

– Ich weiß.

Tropfende Wasserhähne waren meiner Mutter ein Dorn im Auge. Sie machten Kalkflecken, und obwohl Sepp grade gestorben war, machten sie welche.

– Er wird nicht von allein aufhören zu tropfen.

– Weiß ich.

– Ich habe Tat immer gesagt, er soll Sepp an die Kette legen. Er hatte mehr Flöhe als Haare, er war auch schon alt. – Wie alt eigentlich?

– Zwölf Jahre.

– Und wie geht's Tat?

– Er weint.

– Aber er wird sich fangen.

– Er hat sich noch immer gefangen.

– Stell Schneewittchen viel Futter hin am Freitag.

Mein Vater ging vor mir auf und ab, und meine Mutter nahm eine Pille gegen das Himmelelend.

– Und Wasser. Schneewittchen braucht genügend Wasser.

– Wo soll ich es einfüllen?

– Hilf ihr dabei. Ich gehe jetzt einkaufen.

Durch den Türspalt rief sie:

– Und reparier den Wasserhahn.

Zweiundvierzig Tropfen lang schwiegen wir. Dann holte mein Vater den Werkzeugkasten.

– Ab jetzt müssen wir Sepp mit dem Kopf besuchen, sagte ich in der Klasse, die beeindruckt war, dass Graubünden ihn tieffrieren würde, bis wir kommen konnten.

Mein Vater knetete während der ganzen Fahrt zu Tat das Lenkrad.

– Sepp ist gut aufgehoben.

Er nickte in den Rückspiegel, der Wackeldackel auf der Hutablage nickte zurück, und meine Mutter rauchte eine Zigarette, durchs Fenster sprühte Regen herein. Ich schloss die Augen, mit dem Kopf war es nicht weit – nur: wohin?

– Sie ist ja kreidebleich. Halt an.

Meine Mutter hatte sich zu mir gedreht. Er hielt in der Kurve mit den Kiefern an, wo ich fast aus der Tür fiel, mit den Füßen im Schnee herummatschte, bis sich der Magen nicht mehr drehte, die Straße nicht mehr schwankte, die Tür still hielt und die kalte Luft nicht mehr stach, mein Vater fand sie großartig, er legte mir etwas Schnee ins Genick, schüttelte jungen Bäumen Reif von den Nadeln und stieg glitzernd wieder ins Auto, er fuhr langsamer. Er schlich. Es hatte begonnen zu schneien.

Tat wackelte in eine Wolldecke gewickelt vor dem Haus auf und ab.

– Der blöde Hund, sagte er, ich bin sicher, er hat den Jäger noch gebissen, aus seinen Ohren lief schon Blut.

Aus Tats Augen liefen Tränen. Er hielt mir den Daumen hin, blauschwarz geschlagen vom Hammer, als er Sepp in der Kiste vernagelt hatte.

– Er ist in einer Kiste? Dann können wir ihn gleich dort lassen.

– Auf keinen Fall! Ich will ihn noch mal sehen.

Tat wischte sich die Augen. Die Hände in den Taschen, trampelte mein Vater den Schnee fest.

– Eine Saukälte. Wo ist er?

– Hinten.

– So ein Hundewetter.

– Jetzt wird's richtig Schnee geben.

Tat hielt die Nase in die Luft und schien zufrieden. Der Himmel, in den er schaute, streifte den Giebel, dahinter verschluckte er die Bäume. Ich fing Flocken, das Dach würde Schneezuckerwatte tragen und Eiszapfenstangen; wir könnten einen Schneesepp bauen, und meine Mutter sagte:

– Na toll, eine Beerdigung in Weiß. Hol deine Jacke.

Mein Vater musste die Kiste mit dem Brecheisen öffnen und hob Sepp heraus. Als Tat ihn strafend ansah, klopfte er mit der Spitzhacke auf den Boden.

– Ist ja schon beinhart. Gräbst du oder ich?

Sepp lag im Schnee, das Fell gesprenkelt mit kleinen Löchern, und mitten auf der Stirn ein großes. Er schien zu schlafen, jagte im Himmel bestimmt Rehe, ließ auf den Wolken seine Flöhe, wie er sie im Teppich ließ, Flöhe, so bissig wie er selbst. Es würde Flöhe regnen, Haare schneien, sein Fell würde vom Himmel fallen, das Braun, das Beige, das Schwarz, das weiche, das zarte Haar, das harte, das borstige, und Elis Kumpel würden auf dem Rohbau fluchen: So ein Hundewetter!

Der Schnee machte den Bäumen Mützen, den Büschen, machte meinem Vater Perlen ins Haar, dann eine Mütze, machte eine Mütze auf Tats Mütze, dem Gemüsebeet eine Decke, während sie bei Sepp standen und Tat auf meinen Vater einredete, Dampfschwaden vor dem Mund, bis mein Vater wegging, den Pickel holte und auf den Boden einhackte, als könnte der etwas dafür.

Tat hatte uns gebeten, über Nacht zu bleiben. Er war unruhig. Die Tatta drängle, stünde im Garten und mache ihm die Hölle heiß, er solle sich endlich herüberbequemen; der Jordan, wie der Fluss hieß, sei nicht so tief und nicht so kalt, wie man sich ihn vorstelle, er aber, Tat, sei wasserscheu und ein Hasenfuß dazu. Tat wollte nicht. Viel besser wäre, die Tatta würde sich um die Einbrecher kümmern – ja, Einbrecher –, die im Garten ihr Unwesen trieben, vor dem Haus herumlungerten und nur auf eine Gelegenheit warten würden, ihn auszunehmen wie eine Weihnachtsgans, wie auch schon.

– Wann war das?

Mein Vater sah ihn fragend an.

– Hier? Bei dir? Und was wurde gestohlen?

Als mein Vater fragte, ob er es der Versicherung gemeldet habe, sagte meine Mutter na bravo, und Tat jammerte eine halbe Stunde über die Versicherung und seine Beine und bekam einen roten Kopf, aber was gestohlen worden war, konnte er auch danach nicht sagen, er hatte es vergessen. Mein Vater ging die wichtigen Sachen durch: die Dokumente, das Kästchen mit dem Schmuck der Tatta, die Zuckerdose mit dem Geld in der

Küche, das Motorrad in der Garage, das Werkzeug, es rostete, war mit Spinnweben überzogen, und mein Vater zuckte mit den Schultern, aber Tat blieb eisern und sagte:

– Wirst schon sehen, sie kommen wieder.

Meine Eltern sahen einander an. Wir brachten Tat ins Bett. Knurrend legte er sich hin. Er wollte ein Papierschiffchen falten.

– Bring mir Papier.

Er nickte und schmatzte und griff nach meiner Hand.

– Und jetzt Milch mit Honig. Bring mir Milch mit Honig.

In der Küche zeigte meine Mutter kopfschüttelnd auf eine Pfanne, in der Tiere krabbelten und Schimmel saß, sie blätterte die ungeöffneten Briefe durch, sogar einer der Versicherung war dabei, und mein Vater setzte sich zu Tat ans Bett.

– Weshalb liest du die Post nicht?

Er legte das halbfertige Schiffchen weg.

– Siehst du, auch die Brille haben sie mitgenommen, sogar die Brille, man muss es sich vorstellen. Grascha putana, wie soll einer da klaren Blickes über den Jordan gehen!

Die Brille fand ich anderntags in seiner Hose, wo er sie statt der Brieftasche hingesteckt haben musste, er hatte sie in Stücke gesessen, es hatte ihn auch gezwickt am Hintern, aber in seinem Alter, sagte er, tut es an jedem Tag woanders weh, man darf das nicht so ernst nehmen, sonst wird man verrückt.

– Was sagst du zu dem Schiffchen?

Wir blieben länger als eine Nacht. Tagelang schichtete mein Vater Holz, trug es von hier nach da, weil das Da näher beim Haus lag als das Hier, und Tat beschwerte sich mit dem Stock in der Hand, stocherte damit im Schnee, das Da war ihm auch nicht recht, war nicht gut zu erreichen, nicht mit solchen Beinen, nicht bei so einem Wetter, nicht ohne die Nachbarin, nicht ohne Sepp, der Hilfe holen konnte, wenn alles schiefging und er hinfallen sollte, wo doch der Schnee jeden Hilferuf schlucken würde.

Unter dem Schnee in der alten Wäscheschleuder schliefen Tats beste Erdbeeren. Mein Vater hatte sich zwei Pullover und eine von Tats Wolljacken übergezogen und saß im Garten. Er war ganz still. Spät machte er sich daran, ein bisschen aufzuräumen, suchte im Schnee nach Werkzeugen, die Tat zwar in den Garten getragen hatte, aber nicht zurück. Auch meine Mutter sagte nicht viel, beschwerte sich nicht einmal über den Gestank, die schmutzigen Hemden, die an Nägeln in der Wand hingen, die ausgerissenen Knöpfe, die Tat in einem Teller sammelte, die löchrigen Wolljacken. Müde erschlug sie die letzten Wespen, die hier drin überlebt hatten, und zog ein paar Uhren an den Wänden auf, um mehr hatte Tat sie nicht gebeten.

– Tat verliert die Fassung, sagte mein Vater, als er einen Apfel briet im Ofen.

Zwei Nächte zuvor hätte er ihn beinahe erschlagen mit einer Schaufel, weil das Licht einer Taschenlampe durch den Garten zuckte, weil tatsächlich einer umging im Garten und er Tat fand, der fluchte und sagte, er erstatte Anzeige gegen die Schweinehunde, die seine Zeit gestohlen hätten. Unter dem Arsch weg hätten sie seine Zeit gestohlen, am helllichten Tag, und jetzt wollten sie ihm vermutlich ans Leben, was sonst? Er bat meinen Vater, ihm dabei zu helfen, sie einzufangen, er konnte nicht sagen, ob die Tage oder die Diebe oder die Tatta, die er anbrüllte, nicht untätig an ihrem dämlichen Flussufer herumzustehen, und er konnte sich erst beruhigen, als mein Vater ihm einen Apfel versprach, im Ofen geschmort, einen weichen, süßen Apfel, einer von denen, die im Keller lagerten und Runzeln hatten und nur darauf warteten, geschmort und gegessen zu werden, und ich wollte auch so einen haben, es waren die besten Äpfel, die es gab. Nirgendwo sonst waren sie zu kriegen. An allen Äpfeln hatte mein Vater etwas auszusetzen, nur an diesen nicht, nichts, obwohl sie viele Runzeln hatten. Sie rochen nach Honig und nach Tat, wenn er sich rasiert hatte, und anders als Ruth nach Äpfeln roch, roch er weicher, süßer, nicht so frisch, vielleicht nach dem Keller, in dem die Äpfel lagen, ein Keller- und Apfelgeruch, der mehr und mehr das Haus durchzog und sich in die Kleider legte, weil Tat immer vergaß, die Tür zu schließen, oder nicht mehr die Kraft hatte dazu; ein Geruch, der aus den Kleidern verschwand, wenn Tat sie zu lange getragen hatte, und der wieder zum Vorschein kam, wenn die Hemden und Hosen gewaschen oder gelüftet an Haken hingen, wie jetzt, wo Tat vor dem offenen Ofen neben mir saß, während mein Vater sein Bett noch einmal machte und meine Mutter die Kellertür schloss, wir Äpfel aus der Schale lutschten, Tat sich die Lippen verbrannte, weinte und mir ein Rätsel aufgab, weit kniffliger, als ich ihm je eines zugetraut hätte, indem er sagte:

– Ich möchte nach Hause.

Mein Vater trommelte mit den Fingern auf den Küchentisch, stand auf und legte Holz nach. Er ging vors Haus, vor dem die Buchenscheite sich bis unters Dach stapelten, er stapfte durch den Garten, betastete die Schneewechten, die zum Haus führten, sah zum Himmel, horchte in die Nacht.

– Bald liegt Schnee bis zum Fensterbrett.

– Dann nehmen wir ihn eben mit.

Meine Mutter ging in den Keller, um Äpfel einzupacken. Mein Vater zerkrümelte ein bisschen dies und ein bisschen das, was so auf dem Tisch herumlag. So klar erkennbar war nicht mehr, was es mal gewesen war, alle Tiere hatten sich vor dem Schnee in Tats Küche gerettet und sie fast leer gegessen und jede Menge Dreck gemacht, meine Mutter hatte schon das Himmelelend gepackt, als sie die Küche roch.

– Bald ist Weihnachten.

– In einer Woche.

– Hilf packen.

– Bin schon unterwegs.

Ich tänzelte durch die Küche wie Muhammad Ali,

duckte mich um ihn herum und teilte meine beste Rechte aus, die er mit einem Grinsen abfing.

– Mach schon.

Ich sammelte Tats Beine ein und die ungelesenen Briefe, die Wolljacken mit den größten Löchern, damit meine Mutter sie stopfen konnte, ich warf den Rest Polenta in den Hof, wo ich das Fauchen der Katzen hören konnte, mein Vater warf die Pfanne hinterher und zwei zerbrochene Teller, eine Tasse voller rostiger Schrauben und Nägel, Glühbirnen, ein bisschen kaputtes Werkzeug, Berge von Apfelbutzen, Kacheln voller Toscanistummel, das Halsband von Sepp, eine Wolldecke, in der die Motten wohnten. Dabei hatte Tat saubere, neue. Mein Vater fand sie noch eingeschweißt, Geschenke meiner Mutter. Dann wedelte er mit der Schaufel und dem Besen.

Ich kehre den Hof, schaufle Schnee und Wolldecke in die Tonne, Schnee mit Motten, Teller mit Schnee und Motten, Scherben, Toscanikrümel, Tierwolle, Wolltiernägel, Apfelbutzenschrauben und Schraubenschlüsselschnee, Glühbirnenrost und Schneepolenta. Meine Mutter weht aus dem Keller, Kelleräpfel im Arm, Apfelkeller in den Kleidern, sie stellen die Matratze in die Nacht, es ist eine Matratzennacht, ein Bettzeughimmel, die Sterne fallen fast herunter, es glitzert und glänzt im Schnee, und Tat sitzt in seinem Sessel vor dem Ofen, macht die Ofentür auf, stochert in der Glut, spuckt hinein, dass es zischt, und kaut mit richtig schlechter Laune auf seinem Hemdkragen herum.

– Tat, bald ist Weihnachten.

– Keine beschissenen acht Tage mehr, Grünschnabel.

– Du brauchst nicht deinen Kragen aufzuessen. An Weihnachten gibt es Kekse.

– Ich verrate dir ein Geheimnis: Weißt du, dass wir den Hund essen mussten im Krieg?

– Einen Sepp?

– Nein, einen schwarzweiß gefleckten Bastard mit eingerolltem Schwanz und Gift in den Adern; reines Gift und kein bisschen Blut. Otto. Ich schwör's dir: Mit Otto war nicht zu spaßen.

Tat grinste und kratzte seinen Stumpf.

– Die Tatta hat Flicken bereitliegen gehabt für all die Postbotenhosenböden, die er in Fetzen riss.

Er kicherte.

– Was trauten die sich auch noch Rechnungen zu bringen im Krieg. Wenn man sonst schon nichts zu fressen hat.

– Es geht dir ja wieder hervorragend. Was erzählst du ihr für Schauermärchen?

Mein Vater war so leise hereingekommen, dass wir ihn nicht gehört hatten.

Er rasselte vor Tats Nase mit einer Schachtel Nägel, die grössten Nägel, die ich je gesehen hatte.

– Brauchst du die?

– Wir hatten immerhin Lebensmittelmarken. Und die Weitsicht der Tatta. Drei Tage vor der Rationierung hat sie noch Polenta eingekauft, hast du uns erzählt. Den ganzen Küchenschrank voll.

– Ja, ihr wart ja auch bloß elf.

– Stimmt, und die Wurst hast du allein gegessen. Immer.

– Für zwölf hätte die sowieso nicht gereicht.

– Dreizehn. Die Tatta mitgerechnet. Was ist: Brauchst du die jetzt noch oder nicht?

Er deutete auf die Schachtel in seiner Hand. Tat winkte ab und pikste mir seinen Zeigefinger in die Brust.

– Jedenfalls, Grünschnabel, wir mussten Otto essen.

– Ihr habt Otto wirklich gegessen?

– *Er* wollte, dass wir Otto essen.

– Basta! Jetzt lass mich erzählen.

– Sie träumt schlecht von so etwas.

– Ich will das aber hören.

– Du willst jede Räubergeschichte hören.

Tat war fast ein bisschen beleidigt, er streckte sich in seinem Sessel und ordnete seine Beine.

– Es ist schließlich passiert.

– Schlimm genug.

Mein Vater drehte sich um und knallte die Tür zu, dass meine Mutter neugierig hereinkam.

– Alles in Ordnung?

– Alles bestens. Bringst du mir einen Kaffee?

– Was war jetzt mit Otto?

– Wir haben ihn nicht gegessen.

– Nein?

– Nein. Otto hatte viele schlechte Eigenschaften, aber damit war er wirklich zu weit gegangen. Keine Ahnung, was in ihn gefahren war. Er ging auf das Kind des Metzgers los. Schlimm. Der Junge musste ins Krankenhaus, der Arzt wollte den Arm nicht anfassen. Schlimm. Sehr schlimm.

– Und dann?

– Dann wollte der Metzger, dass ich Otto erschieße, aber ich konnte es nicht. Ich brachte ihm Otto und dachte, wir könnten zwei Fliegen mit einer Klappe schlagen. Es gab nicht viel Fleisch damals.

Meine Mutter stellte den Kaffee vor Tat hin, und Tat nickte und wartete, bis sie wieder aus der Tür war. Er kippte etwas Kaffee in die Untertasse und kleckerte seine Hose und die Wolljacke voll.

– Und dann? Erzähl weiter.

– Dann brachte mir der Metzger einen Braten und zwei Keulen, Streifen zartes Fleisch.

– Einfach so?

– Natürlich nicht. Otto brachte er. Miarda! Otto in Portionen. Otto fachgerecht vom Metzger. Die Tatta hat ihn versalzen mit ihren Tränen. Er roch gut, und je besser er roch, desto mehr von uns fingen an, am Tisch zu heulen, dein Vater am lautesten. Die Tatta weigerte sich, den Braten aus dem Ofen zu holen, und als das schwarze Ding schließlich vor uns stand, kotzte dein Vater in den Teller, so wahr ich hier sitze. Ich wollte aber, dass sie ihn essen. Schließlich stand er auf dem Tisch.

– Und dann?

– Die Tatta wollte, dass ich anfange.

– Und?

– Ich habe Otto aus dem Fenster geworfen. In den Garten.

– Und dann?

– Nichts ›und dann‹. Wir aßen nicht. Gar nichts aßen wir an dem Tag. Es war ein Dienstag, ich weiß es noch genau. Wie lange mir dein Vater böse war deswegen, weiß ich nicht mehr. Ich glaube, es hält an bis heute.

Drei Uhren schnarrten an den Wänden, Ketten rasselten, drei Kuckucke schossen hintereinander heraus und schrien, die Tannzapfen an den Ketten schaukelten. Ich hätte immer schon gern einen gehabt. Tat rückte aber keinen einzigen heraus. Sie schienen an der Uhr so wichtig zu sein wie die Luftblase in Elis Wasserwaage. Tat sah eine Weile zum Fenster hinaus und massierte seinen Stumpf.

– Es ist der rechte. Es ist immer der rechte.

– Was?

– Der rechte Fuß ist es, der wehtut. Der brennt. Wie Feuer.

– Der aus Plastik?

– Nein, natürlich der andere.

– Der, der nicht mehr ist?

– Welcher sonst, Grünschnabel?

Tat schlürfte den kalten Kaffee aus der Untertasse, rieb das Verschüttete in die Wolljacke.

– Wir bekommen noch mehr Schnee.

– Ich will Schneewittchen nicht essen und Oskar auch nicht.

– Wer ist Oskar?

– Du kennst ihn.

– Ach ja?

– Unser Nachbarhund. Oskar hat auch schlechte Eigenschaften.

– Welche denn?

– Er furzt entsetzlich laut und pinkelt allen ans Bein.

Tat lachte, dass ihm die Zähne aus dem Mund fielen. Ich musste sie aufheben und abspülen, und bevor ich sie ihm wiedergab, ließ ich ihn schwören, dass er nichts sagte, dass er sich nicht einmal versprechen durfte, bei niemandem, nie, dass er so verschwiegen sein musste wie Schneewittchen bei dem, was ich ihm gleich erzählen wollte.

Tat war ganz Ohr.

– TAT WEISS ES, SAGTE ich zu Schneewittchen. Tat weiß alles. Er weiß sogar, dass Mili erst nicht mal aufs Klo durfte, wenn Toni arbeiten war, weil man die Spülung durchs ganze Haus hören kann. Anfangs musste sie auf den Topf. Bis sie sich daran gewöhnt hatte, ein Geheimnis zu sein. Eins, das eine tickende Bombe ist, sagt sie, sagt Toni; eins, das deshalb leise sein muss, schleichen muss, nicht laut lachen darf, nicht rufen, schon gar nicht schreien, kein Licht machen darf und notfalls im Dunkeln essen muss. Tat war schwer beeindruckt davon. Er sagte, das ist wie im Krieg. Und dass die von der Ausländerpolizei Sesselfurzer sind, ist ihm schon länger bekannt, als ich auf der Welt bin, sagt er. Seit dem Krieg. Seiner Meinung nach können die noch mehr anrichten als jede Versicherung, und das will was heißen, wenn Tat das sagt – weißt du eigentlich, wie lange das jetzt dauert, die auseinanderzuklauben? Und hier ist alles nass.

Köttel und Körner lagen gemischt im ganzen Stall verteilt. Ich hatte Schneewittchen eine ordentliche Portion Futter hineingestellt, und mein Vater hatte eine Leitung gezogen, von der Schneewittchen Wasser nuckeln konnte. Er wollte das Risiko nicht eingehen, dass jemand an Elis Briefkasten ging, auch wenn er von einem Hasen bewacht wurde.

– Tat weiß auch, dass Milis Großmutter aufgefressen wurde, aber dass es ein Tier gewesen ist, glaubt er nicht. Krebs, sagt er, ist eine Krankheit. Und er will wissen, wo Eli ist. Im Treppenhaus wird getuschelt, sage ich ihm. Weißt du's, Schneewittchen?

Wir feierten Weihnachten mit acht Sorten Keksen.

Brunsli.

Mailänderli.

Chräbeli.

Zimtsterne.

Und vier, die nicht gelangen.

Meine Mutter war am Ende, mein Vater erledigt. Seit einer Woche war Tat da und tat kein Auge zu. Er schlief schlecht an fremden Orten. Seine Uhren fehlten ihm, und er musste die Toscani draußen rauchen. Nachts wanderte er im Morgenmantel durch die Wohnung und geisterte durchs Treppenhaus. Meine Eltern taten auch kein Auge zu, dauernd mussten sie ihn einfangen. Einmal stand er bei Toni in der Wohnung, zog seine Beine aus und weigerte sich, wieder zu gehen. Toni trug ihn hinunter, setzte ihn auf dem Sofa ab und drückte dann meiner Mutter die Beine in die Hand. Tat strahlte. Dann schien er aufzuwachen, sah Toni an und mich, bevor er sein Gebiss aus dem Mund nahm, um nachzusehen, ob noch alle Zähne da waren. Seit er bei uns war, machte er das jeden Tag.

– Man kann nie wissen, in der Stadt kommt alles weg, kaum hast du dich umgesehen.

Meine Mutter konnte sich nur bei der Blondierten erholen. Sie setzte sich bei ihr aufs Sofa, ließ sich rosa Törtchen bringen, tunkte sie in den Kaffee und seufzte. Sie brauchte nichts zu sagen. Die Blondierte hatte Tat vor einer Woche kennengelernt. Er hatte sie morgens um fünf aus dem Bett geklingelt und ihr seine leere Schachtel Toscani hingestreckt. Während einer Viertelstunde hatte er versucht, ihr klarzumachen, was ihm fehlte. Und das ohne sein Gebiss.

Der Tisch war gedeckt, er war für die große Fuhre ausgezogen. Tante Joujou hatte höchstpersönlich frisches Baguette mitgebracht, das halbe Auto voll französischen Käse und Wein geladen, für Schneewittchen einen Sack altes Brot und für mich einen gelben Regenmantel, der es mit jedem Meer und mit dem Walensee aufnehmen konnte, er roch wie eine Luftmatratze. Die Blondierte verteilte Tannenzweige auf die Teller, und Werner Fernfahrer hatte schon vor dem Essen dreimal bei uns angerufen, um mit ihr zu reden, aus einer Stadt, deren Namen keiner aussprechen konnte, und jedes Mal, wenn die Blondierte den Hörer schließlich in der Hand hielt, war die Verbindung wieder abgebrochen, während ich unter dem Tisch Henry und Silvesters riesige Schuhe bewunderte.

Mein Vater hatte gedroht, den Weihnachtsmann samt Tante Joujou eigenhändig auf die Straße zu werfen, ihr

Baguette hinterher, und er schwor, mit Joujous Käse die französische Botschaft in Bern zu sprengen und ihren Wein den Säufern am Bahnhof zu spendieren, falls Henry und Silvester nicht auch kommen dürften.

Sie waren von Tat begeistert. In Afrika zählt es enorm viel, wenn es einer bis ins hohe Alter geschafft hat, am Leben zu bleiben, erklärten sie. Zur Feier des Tages trug Tat seinen Anzug und beide Beine. Henry und Silvester wollten sie sehen. Wahre Wunder der Technik. Als Ingenieure konnten sie das beurteilen. Kein Vergleich mit der Ware, die sie zu Hause hatten, obwohl Beine zu Hause häufiger gebraucht wurden als hier, weil dort immer wieder Krieg herrschte und es der Krieg auf die Beine abgesehen hatte. Tat war stolz auf die Schweizer Beine, die Sulzer Gelenke, er erklärte die Technik, er fluchte nur kurz über die Versicherung, zeigte auch seine neue Brille und ließ sich die Feuersoße erklären, die Henry und Silvester aus Afrika in Gläsern mitgebracht hatten; eine Soße, die Afrika frisch macht und Europa Ohrensausen verursacht; so scharf, dass das Huhn aus dem Ofen gleich fliegen lernen würde, sagten sie. Tat nickte und faltete seine Serviette zu einem Schiff, das er in den Suppenteller stellte. Bis das Huhn kam, zupfte er das Segel zurecht und knetete seinen Rumpf, ein dünner Faden Spucke lief aus dem Mundwinkel.

– Wo ist Eli? Ich will Eli sehen.

– Eli kann nicht kommen.

– Er fehlt am Tisch.

Mein Vater sah ihn lange an, und Tat faltete sein Schiff neu.

– Gib mir den Teller.

– Riecht köstlich, sieht auch so aus. Ich hab den Krieg erlebt als Grenzer zu Österreich, das und die Rationierungen. Einmal aßen wir sogar den Hund. Ich will Oskar sehen.

Er pikste mit der Gabel in den Arm meines Vaters.

– Lass das doch. Oskar ist im Garten.

– Na los, ich will ihn sehen. Gleich.

– Morgen. Lass uns morgen runtergehen, das Huhn wird kalt.

– Ich will ihn jetzt sehen.

Meine Mutter nahm eine Tablette gegen das Himmelelend und schlug mir vor, morgen mal wieder zum Baum mit der schönsten Aussicht zu gehen und zu Fast-ohne-Federn, um aus diesem Irrenhaus herauszukommen. Tat war nicht zu beruhigen. Wir mussten ihm aufhelfen und ihn ans Fenster bringen, wo mein Vater nach Oskar pfiff, der an der Kette riss und anfing zu bellen.

– Bist du jetzt beruhigt?

Tat nickte, legte das Serviettenschiff auf seinen Schoß und begann an seinem Huhn herumzuschneiden, bis mein Vater es ihm zerlegte. Er band Tat grade die Segelschiffserviette um, als das Telefon klingelte und Werner Fernfahrer wieder anrief, um den Namen der Stadt aus einem Land ohne *drohende Ölkrise* zu buchstabieren. Mein Vater trug das zweite Huhn auf. Henry formte kleine Grießbällchen in seinem Teller, löffelte rote Soße auf sein Huhn, bestrich es damit wie ein Brot mit Marmelade, Silvester zwinkerte mir zu und zog vorsichtig einen Papiervogel aus der Hosentasche, den er gefaltet hatte, so gelb wie Vogel gewesen war, so gelb wie die Osterglocken in Tats Garten im Frühjahr, und Tat, Tat war endlich eingeschlafen.

Das Ohr fest aufs Kissen gedrückt, liege ich im Bett. Die Wände knacken und klopfen, die Scheiben klirren, summen, das Zimmer zittert von einem Lastwagen, von einem zweiten und dritten, dann zittert der Kühlschrank in der Küche, und es ist still für einen Moment.

Er kommt bestimmt, der Schlaf, el sueño. Er kommt durch den Türspalt, mit Elis Lachen und etwas Licht.

Die blondierte grüsst vom Sofa aus. Das Treppenhaus ist hell erleuchtet. Es wird getuschelt. Von der Decke hängt eine Lampe aus Kristallen, verteilt Regenbogen an die Wände, es riecht nach Blumen. Die Blondierte macht sich fein, frisiert sich im Fernseher, bevor sie ihn einschaltet und ordentlich aufdreht, der Flur sich dreht, das Geländer sich biegt, der Flur tanzt, die Nachbarin aus dem Erdgeschoss sich eine Kaffeetasse nimmt, die dampft, eine Zigarette, die brennt, ein aufgeschlagenes Buch, aus dem Wörter fallen. Sie hat noch Watte zwischen den Zehen, meine Mutter sieht es gleich, die Farbe ist mit Sicherheit noch nicht trocken, sie schüttelt den Kopf, kehrt Wörter zusammen; einige entkommen: schwarze kleine Tiere. Ich strecke die Hand aus, aber keins läuft mir zu. Eli setzt sich zu uns aufs Sofa. Aus seinen Hosenbeinen läuft Wasser, die Haare tropfen, er trieft; alles macht er nass. Meine Mutter sagt, so kannst du nicht bleiben, und er nickt und geht. Er nimmt den Ton vom Fernseher mit, die Blondierte schüttelt den Kopf und ruft ihm nach.

– Gleich kommen die Nachrichten.

Meine Mutter zuckt mit den Schultern.

– Na und?

Sie isst Schnitzel. Sie leckt sich die Finger und deutet dahin, wo Eli gestanden hat.

– Er ist untergetaucht.

– Sicher?

– Garantiert.

Blinzeln, selbst im Traum, einmal blinzeln, und wenn man Glück hat, bleibt das Bild im Kopf für immer.

Gott ist international berühmt. Sogar der Türke um die Ecke hatte ein Bild von ihm an der Wand hängen, sein Auge war zu sehen. Es hing gleich neben einem Propheten vom Türken, dem türkischen Staatsgründer und der Schweizer Fahne. Meine Mutter seufzte jedes Mal, wenn sie unter dem Auge von Gott auf ein Stück Lamm wartete.

Am Morgen nach Neujahr starrte sie besonders lange auf das Auge, und hinterher schwor sie das Gegenteil: Das Auge hätte sie angestarrt, richtiggehend geglotzt hätte es, schamlos, sagte sie, aufgefordert hätte es sie, herausgefordert, einen letzten Versuch zu machen mit Gott, damit er wiedergutmachen konnte, was er an ihr verbrochen hatte, all die Jahre lang, ohne sich auch nur einmal umzudrehen. Sie war wütend, als sie mich am Ärmel packte und mich hinter sich her in die Kirche zerrte und den Pfarrer beim Verräumen der Krippe unterbrach. Er war dabei, Fliegendreck von Maria und Josef zu kratzen, während das Jesuskind mit dem Esel und einem König im Waschbecken schwammen. Eli hätte das nicht gefallen. Er war in die Kirche gegangen, wann immer er konnte, und hatte in Deutsch fast so gut wie in Spanisch geglaubt, und wenn ich ihm erzählt hätte, dass Jesus als Kind mit dem Esel und dem Negerkönig in der Kirche baden ging, hätte er mir bestimmt eine geklebt.

Meine Mutter nahm den Esel aus der Schüssel und sagte, dass die Männer auch im Alter nicht zu Gott finden, weil der keine große Hilfe im Haushalt ist, und da der Pfarrer nicht antwortete, beklagte sie sich darüber, dass sie es mit Tat nicht mehr schaffe und nun auch noch die Tatta aus dem Jenseits am Hals habe, der man auch Essen hinstellen müsse, der man Wäsche bügeln, die man grüßen müsse und an den Tisch bitten, dass in den Bergen ein Haus verlottere, sie in den Bergen ein unbewohntes Haus zu pflegen habe und hier ein überfülltes, einen Irren, der nachts die Nachbarn erschrecke, der Gespenster sehe, der über seine Beine falle, der seine Zähne in den Kühlschrank lege, ins Waschbecken pinkle, und es nur eine Frage der Zeit wäre, bis er in den Zoo fahren und dem Nilpferd seine neue Brille verfüttern würde oder an die drei Hunde der Blondierten.

– Alles bleibt an mir hängen.

Der Pfarrer war sehr freundlich, er legte Bürste und Maria weg und er fing auch nicht an zu schreien oder legte sich aufs Sofa wie mein Vater. Er bat sie, sich von Gott helfen zu lassen, sagte, dass Gott hier ist, und sie fragte, wo denn, schaut er die ganze Zeit fern im Hinterzimmer?

Zu Hause sagte sie:

– Gott ist nicht praktisch veranlagt.

Sie gab Ihm Zeit.

Aber auch nach zwei Wochen hatte Gott keine Entscheidung gefällt, was Tat anging, und da mein Vater sowieso nicht weiterwusste, wollte meine Mutter nicht mehr zum Türken und in die Kirche schon gar nicht. Sie räumte tagelang im Keller herum. Sie machte meinem Vater die Hölle heiß wegen all der Holzreste, der Fahrradteile, der kaputten Werkzeuge, der Kisten und Kästchen, wegen des ausgelaufenen Öls, der blinden Fenster, der Späne, des ausgefransten Besens, der verbeulten Schaufel, der eingeweichten Pinsel, des vertrockneten Fensterkitts, der Farbtöpfe, der Dosen und Gläser, dem Leben überhaupt, dem Keller im besonderen und der ganzen Bruchbude sowieso, und während mein Vater mit dem Löffel in der Suppe herumplanschte, stellte sie ihn vor die Wahl.

– Er oder ich.

Mein Vater legte den Löffel beiseite und telefonierte stundenlang. Er besprach sich mit seinen Geschwistern, er telefonierte mit Ämtern und mit Tats Nachbarin, die er gern sah, und seinem Postboten, mit Madame Jelisaweta, und er bat mich, still zu sitzen, obwohl ich es kaum aushielt.

– Ich will nicht, dass Tat wegmuss.

– Er muss nicht weg, aber Tat ist sehr sonderbar geworden, siehst du doch.

– Er macht Papierschiffe.

– Eben.

– Aber sie werden doch immer schöner.

Zu Tat sagte ich:

– Sie wollen dich einschläfern.

Er saß in seinem Lieblingssessel. An einem Faden ziehend, löste er den Ärmel seiner Strickjacke auf. Schon bis zum Ellenbogen schaute sein Unterhemd heraus. Fasziniert schaute er auf das Wollknäuel in seinem Schoß.

– Hörst du? Sie wollen dich einschläfern.

Er kicherte bloß, zeigte auf die Flotte Schiffchen aus Einkaufszetteln und Schokoladepapier, flüsterte der Tatta etwas zu, sie musste ganz nahe sein.

– Tat?

Die meiste Zeit verbrachte er mit ihr oder in seiner Kindheit; er wollte keine Rätsel hören, und das letzte löste er nicht auf, auch nicht, als ich ihm versprach, Äpfel zu braten, auch einen für die Tatta, die einen solchen Hunger nach gebratenen Äpfeln haben musste am andern Ufer des Flusses, der Jordan hieß.

– Tat!

Ich rüttelte an seinem Arm.

– Sie haben vor, dich einzuschläfern. Willst du nicht lieber die Schiffsfahrt machen, die du dir schon so lange vorgenommen hast? Die auf dem Jordan?

Tat sah mich an und lachte, bis ihm die Tränen kamen.

– Das ist nicht komisch. Ich will nicht, dass du weggehst.

Er zog mich zu sich her, und ich versank in Apfelgeruch.

Seit ich gegen den Gartenzaun getreten hatte, konnte sich Oskar nicht mehr erholen, wenn ich zu Schneewittchen ging, um sauber zu machen. Die Schnauze durch den Zaun gequetscht, kläffte er und war nur zu beruhigen, wenn ich ihm etwas zu fressen hinüberwarf.

– Ich hab nichts, Oskar.

In den Hosentaschen war noch nicht einmal mehr ein Kekskrümel. Ich zog sie heraus und zeigte sie ihm.

– Da. Nichts. Und jetzt sei ruhig.

Vorsichtig öffnete ich den Stall und stopfte frisches Heu hinein.

– Es stimmt nicht, dass Tat alles vergisst, sagte ich zu Schneewittchen. Es ist nicht wahr, dass er nichts mehr begreift. Als mein Vater Tat vorhin beibrachte, dass sein alter Pflaumenbaum gefällt werden musste, hättest du ihn sehen sollen. Er hat sich ein Bein abgenommen und damit auf meinen Vater eingedroschen, und als er weglief, hat Tat es ihm nachgeschmissen. Ein einwandfreier Wurf! Hat ordentlich gekracht. Die Blondierte hat die Balkontür aufgerissen und gefragt, ob bei uns alles in Ordnung ist. Das mit dem Pflaumenbaum geht ihm sehr nahe. Stell dir vor, es gibt kein Heu, es gibt nie mehr Heu. Morgen fährt mein Vater Tat zurück in die Berge. Morgen schon. Ich muss ihn auf dem Laufenden halten, was Milena angeht, sagt Tat. So genau wie dich, sagt er. – Halt die Klappe, Oskar. Halt einfach die Klappe.

Wir brachten Tat zum Frisör. Er hatte so lange Haare wie ein Halbstarker und hatte nie jemanden an seinen Kopf gelassen außer der Tatta, die tot war und deshalb etwas unpässlich, wie Madame Jelisaweta das nannte.

Meine Eltern gingen Kaffee trinken, und Tat machte mit ihr ein Einstellungsgespräch.

– Sie wollen mich loswerden.

– Kann ich mir nicht vorstellen.

– Ich mach mir die Hosen voll.

– Kann ich mir nicht vorstellen.

– Ich bin verrückt.

– Kann ich mir auch nicht vorstellen.

– Die sich schon. Ich vergesse alles.

– Kann gut sein.

– Auch dich vergesse ich. Wenn ich hier raus bin, vergesse ich dich.

– Schon möglich. Schade allerdings.

– Ja, schade. Sehr schade. Ich hatte einen Pflaumenbaum.

– Mit kleinen, festen Früchten?

– Allerdings.

– Ich hatte auch einen, eigentlich zwei.

– Was ist mit ihnen passiert?

– Der Krieg hat ihn ausgerissen. Den meines Vaters.

– Und den andern?

– Hat Tito auf dem Gewissen.

– Wie das?

– Man kann nicht nur von Pflaumen leben. Ich musste weg.

– Ich könnte nur von Pflaumen leben.

– In deinem Alter schon. Ich war jung. Ich brauchte mehr zum Leben. Hatte eine Zukunft im Kopf, Kinder, was Besseres. Sicherheit.

– Und?

Madama Jelisaweta zuckte mit den Schultern.

– Sieh dich um.

– Ich könnte auch in meinem Alter nicht mehr.

– Was?

– Von Pflaumen leben.

– Ja, was jetzt?

– Sie haben den Baum gefällt. Ich hätte gern noch einen Herbst von den Pflaumen gelebt.

– Und den Rest des Jahres?

– Von der Nachbarin. Sie ist heute noch schön, die Tatta ist ganz eifersüchtig.

Ich hörte auf, so zu tun, als würde ich noch Haare zusammenkehren.

– Die Tatta wohnt am andern Ufer vom Fluss Jordan. Kann nicht weit sein von seinem Haus. Tat will eine Schiffsfahrt mit ihr machen.

– Verstehe.

– Grünschnabel hat's faustdick hinter den Ohren.

– Und wo sind deine Beine geblieben?

– Sind schon bei der Tatta. Sie möchte nicht, dass ich noch zu große Sprünge mache. Ich kann ganz schön wild sein, weißt du.

– Er hatte einen Unfall mit dem Motorrad und dann noch einen mit dem Rauchen.

– Verstehe.

– Was für ein Grünschnabel!

– Wie heißt du eigentlich?

– Tat. Tat Jon. Kannst du jetzt endlich anfangen? Kurz, ganz kurz. Ich will die Sonne auf der Haut spüren.

Draußen wartete der Toyota, und Madame Jelisaweta half Tat hinaus, sie hatte ihn auch rasiert und schwärmte von seinem Haar: eine Pracht. Voll und weiß, und das in diesem Alter: beinahe so rar wie ein gutes Herz.

Tat benahm sich fast die ganze Fahrt über anständig. Erst streichelte er auf der Ablage den Wackeldackel, der ihn an Sepp erinnerte, stellte das Schälchen Oliven vorsichtig hin, das ihm Madame Jelisaweta mitgegeben hatte, und redete ohne Unterlass von ihr.

– Sie hat mir die Haare gemacht, auch die im Gesicht.

Er strich sich über den gestutzten Schnurrbart und die glatten Wangen.

– Wie ein Mädchen, fühl mal, wie ein Mädchen.

Er war ruhig, wenn ich ihm über die Wange strich. Ließ ich es bleiben sagte er wieder:

– Fühl mal, so fühl doch, wie ein Mädchen.

Ich ließ die Hand auf seiner Wange liegen und schlief ein, er schlief ein, erwachte, wurde unruhig und begann von dieser Frau zu erzählen, die ein ganz schöner Kracher war, ein Naturereignis fast wie die Nachbarin, von der Tatta ganz zu schweigen. Er fasste sich an den Kopf, schön, sagte er, schön hat sie das gemacht, schön: Die Sonne kann kommen. Er rief:

– Ich muss mal!

Meine Mutter hatte sich bis über die Ohren in ihrer Kaninchenfelljacke verschanzt und kaute an ihren Nägeln.

– Ich muss dringend. Seid ihr taub?

Mein Vater bremste bei der nächsten Tankstelle so scharf, dass es Oliven regnete und der Wackeldackel gegen die Windschutzscheibe knallte, er riss die Tür auf und hob Tat aus dem Auto. Er stellte ihn auf die Beine und trieb ihn zum Klo. Ich wartete vor der Tür, während Tat meinen Vater drinnen anschrie.

– Du hättest etwas dagegen tun können.

– Wogegen, zum Kuckuck? Du bist heute wieder unmöglich. Hosen runter!

– Sie hätten ihn nicht fällen dürfen. Nicht den Pflaumenbaum.

– Er trug nicht einmal mehr.

– Klar trug er. Und wie. Bäume haben Ruhejahre, du Städter. Ihn im Schlaf zu erschlagen. Ihr habt ihn im Schlaf erschlagen!

– Was willst du überhaupt?

– Ich will nach Hause.

– Da bringen wir dich doch hin. Mach mir nicht alle verrückt, hörst du? Mach mir nicht auch noch die Kleine verrückt. – Was ist jetzt?

– Ich kann nicht, wenn du dabeistehst.

– Dann geh ich raus. Setz dich hin, sonst fällst du um.

– Sag mir nicht, was ich zu tun habe. Nicht in meinem Alter.

Mein Vater stellte sich neben mich.

– Jammerschade, ich habe das Rauchen vor mehr als zehn Jahren aufgegeben. Jetzt eine Zigarette, was gäbe ich um eine Zigarette. – Was ist?

– Ich kann nicht. Scheißprostata!

– Dann lass es eben bleiben. Wir fahren.

– Meinetwegen.

Im Auto pinkelte Tat in die Hosen, und meine Mutter hätte ihn gern nass ins Bett gebracht, sie wischte die toten Fliegen von der Bettdecke und konnte sich beim Weinen gar nicht mehr einkriegen, selbst Tat schwieg betreten und drehte sich zur Wand.

Ich fragte, was *Prostata* ist, und mein Vater antwortete müde:

– Ein Organ.

Das war etwas mager, fand ich, aber ich hatte ja gesehen, was ist, wenn *Prostata* ist. Ich schrieb auf einen Zettel:

PROSTATA: macht Männern Ärger, macht Frauen traurig.

– Es ist so still, seit er nicht mehr bei uns ist, sagte ich zu Schneewittchen. Tat hat uns wirklich auf Trab gehalten, sagt die Blondierte. Sie sagt, dass er ein bisschen wie die freie Wildbahn ist, die sie sonst nur aus dem Fernsehen kennt. Wir sind nun Stadtgespräch, sagt sie. Andere Leute werfen nicht mit Beinen, wenn sie wütend sind. Es ist etwas Besonderes. Tat ist etwas Besonderes.

Ich wollte gegen den Gartenzaun treten, ließ es aber bleiben, weil Oskar schlief.

– Tat hat gut reden: Als ob es nicht schon schwer genug wäre, mich auf dem Laufenden zu halten, was Milena angeht, aber ihn auf dem Laufenden zu halten, ist am Telefon unmöglich. Immer steht einer dabei, ist ungeduldig, nimmt mir den Hörer aus der Hand, will etwas sagen, muss noch etwas wissen. Will wissen, wie viel Schnee liegt, ob Tat noch Holz im Haus hat, ob Onkel Curdin nach ihm schaut und Holz bringt, ob die Nachbarin heute vorbeikommen kann oder erst morgen. Oder will nachfragen, ob Tat auch aufsteht, ob er sich die Beine anzieht, ob er herumgeht, ob er sich etwas kocht, nicht nur Polenta, will sagen, dass er nicht vergessen darf, die alte Polenta den Katzen zu geben, wenn er sich neue kocht. Milena kann nicht ewig im Schrank bleiben, sagt Tat, und Tat kann nicht ewig in den Bergen bleiben. Meine Mutter sagt, dass er in ein Heim ziehen muss, weil er es nicht mehr allein schafft. Tat sagt, dass er nirgendwohin zieht. Henry und Silvester haben angeboten, sich in Afrika bei ihren Verwandten nach einer Medizin für Tat umzusehen, weil sie sagen, in ihm wohnen mehrere, und das macht sein Leben kompliziert. Sie wollten ihn in den Bergen besuchen, aber mein Vater hat sie gebeten, es bleiben zu lassen. Wo wir uns schon mit dem einen Gott nicht gut verstehen, will er nicht noch wer weiß wie viele andere hinzuziehen, er sagt, zu viele Köche verderben den Brei.

Wir besuchten Tat nicht mehr so oft, obwohl mein Vater darauf drängte, weil ihm nicht mehr so viel Zeit bleiben würde in den Bergen, bevor er sich in den Himmel aufmachte, davon war mein Vater überzeugt. Waren wir bei ihm, schwieg er fast den ganzen Tag, er warf nicht mehr mit Sachen um sich. Im Gegenteil: Er befühlte seinen frisch angestrickten Ärmel der Wolljacke und nickte meiner Mutter zu, und selbst wenn wir ihn in den Garten brachten, blieb er dort sitzen und verzog keine Miene, als würde er ihn nichts mehr angehen, und wenn ihn mein Vater fragte, ob er etwas brauche, sagte er:

– Ich habe alles.

Nur der Pflaumenbaum fehlte ihm. Ich drehte den Stuhl weg von seinem Strunk, er machte ihn traurig, Tränen glänzten in seinem Schnurrbart. Einmal bat er mich, ihn hinzubringen, damit er ihn anfassen konnte, zu zweit würden wir das schaffen. Tat war fast so leicht wie Schneewittchen, seine Beine wackelten in den Stümpfen, und wöchentlich musste mein Vater ihn am Telefon daran erinnern, sie neu anpassen zu lassen, weil er schrumpfte und immer kleiner wurde und magerer. Er vergaß es. Er vergaß, seine Toscani im Mund anzuzünden, lutschte sie feucht, er lutschte sie nass, bis sie ihm von den Lippen bröselten. Er war so vergesslich, dass ihm auch meine Mutter und mein Vater nicht mehr einfielen, wenn sie neben seinem Bett standen, mit ihm redeten, die Kissen aufklopften, Essen hin- und hertrugen, Decken brachten oder weglegten, die Fenster öffneten oder schlossen, er blinzelte sie misstrauisch an.

Bloß die Nachbarin konnte kommen, wann sie wollte, er rief ihren Namen und strahlte übers ganze Gesicht. Manchmal strahlte er auch, wenn der Postbote kam –, und rief den Namen der Nachbarin, er tat es immer wieder, auch wenn meine Mutter kam, und als sie beleidigt das Zimmer verliess, sagte ich ihm, dass er sich irrt, dass das eben meine Mutter war, die ihm einen Topf voller gelber Blumen gebracht hatte und immerhin klare Suppe, die ihn wieder auf Vordermann bringen sollte, und er nahm den Teller, aß langsam ein paar Löffel Suppe, goss den Rest in den Blumentopf und fragte:

– Wie geht es Milena?

– Sie ist blass, und sie lernt den Himmel auswendig.

Er sah mich fragend an.

– Sie sagt, der Pfarrer sagt, dass man mit ihm einfach mehr Möglichkeiten hat, dass der Himmel größer ist und tiefer in alles hineinreicht, als man glaubt, jedes Meer dagegen eine Pfütze ist, der Marianengraben ein Kratzer auf einer Oberfläche und der Kopf und das, was er denken kann, eine Stecknadel, ein Nichts im Vergleich.

– Das ist Ansichtssache.

– Außerdem, sagt sie, findet sie sich dann besser zurecht, wenn sie später selber hinmuss.

– Das ist ein Argument.

– Sie sagt, sie kann nicht in die Kirche, weil sie nirgendwohin kann zum gegenwärtigen Zeitpunkt, sie sagt, Toni geht stattdessen für zwei. In der Zeit kann sie den Himmel auswendig lernen. Sie weiß jetzt schon, sagt sie, wie der Himmel gebaut ist, wo was steht, dass es dort Sonnen gibt wie Sand am Meer und Nebel, dass der Himmel sich mit Gas heizt, mit Unmengen davon, und dass er doch nicht warm zu kriegen ist, weil einfach zu groß, so groß, dass sich dort selbst Riesen gegenseitig nicht auf die Zehen treten. Es gibt nämlich nebst Braunen Zwergen auch Blaue Riesen, sagt Mili, sagt ihr Lexikon, und Weiße und Rote, die ein sehr heißes Herz haben, dem aber kein Forscher traut, der bei Trost ist, weil so ein Herz nicht verlässlich ist. Sie sagt, ihr Lexikon sagt, dass das Licht einer Sonne noch am Leben sein kann, selbst wenn die Sonne schon tot ist, weil die Sonne so weit von uns entfernt ist und ihr Licht immer noch unterwegs zu uns.

Tat begann zu weinen. Ich schüttelte ihn am Arm.

– Es ist keine traurige Geschichte. Es ist gar keine Geschichte. Ich habe nichts erfunden. Es ist alles aus einem sehr großen Lexikon, und der Lehrer hat mir das mit dem Himmel bestätigt. Mili nennt ihn KOSMOS, auch das ist richtig, zumindest nicht falsch, sagt der Lehrer. KOSMOS kann auch ein Wort sein für ALLES. Aus Tats Schnauzer tropften die Tränen auf die Wolljacke.

– Willst du das Bild der Tatta haben?

Er schüttelte den Kopf.

– Soll ich dir Milch mit Honig bringen?

Nickend fasste er nach seinem riesigen Taschentuch unter dem Kopfkissen und schnäuzte sich. Als ich zurückkam, lag er schlafend da, seine Zähne und Beine neben sich auf der Bettdecke.

Etwas platzte auf der Straße, war vom Himmel auf den Asphalt gefallen, es krachte, dass die Scheiben klirrten und Kitt auf den Boden bröselte. Durchs Fenster glänzte die Straße, die Bäume wackelten mit den Spitzen und schwankten. Was für ein Wind. Ein Lastwagen stand quer. Der Bäcker versuchte aus seinem neuen roten Auto auszusteigen, das gar nicht aufhören wollte zu hupen. Es war fast nur noch halb so lang und dampfte. Zwei Männer rissen an der Tür, und der Bäcker stieg aus, fiel hin, stand auf und ging zum Lastwagen, an dem der Fahrer lehnte. Aus den Fenstern lehnten Leute, und die Wolken hingen sehr tief. Auch Toni und meine Mutter waren auf der Straße. Ihr schöner neuer Mantel flatterte, beide mussten sich richtig gegen den Wind stemmen, mussten sich an den Händen halten, verschwanden um die Ecke.

Ich wandte mich ab und klappte das Buch zu.

Eine Katze kletterte auf den Balkon der Blondierten und machte in ihren Basilikumtopf. Hinter dem Vorhang rührte sich nichts. Das Haus war wie ausgestorben. Meine Mutter hatte den Hausschlüssel vergessen, er hing am Haken.

Ich packte Popcorn ein, bei den Wörtern konnte ich

mich nicht entschließen, machte alle Kisten auf, leerte Schachteln aus und fand doch keine passenden, und griff schließlich nur nach einem: KOSMOS. Wenn man ALLES dabeihat, muss man sich keine Sorgen machen, irgendetwas vergessen zu haben.

Vorsichtig schloss ich auf und ging hinein.

Milena saß auf dem Boden vor Tonis Bett und spielte mit zwei großen Puppen. Sie erschrak, sprang in den Schrank und zog die Tür zu. Ich streckte ihr durch den Spalt die Tüte Popcorn entgegen.

– Toni ist weg. Meine Mutter auch. Alle sind weg. Ich habe sie weggehen sehen. Magst du kein Popcorn?

Sie nahm mir die Packung aus der Hand, riss sie auf, ich hörte sie kauen.

– Mit Karamellüberzug.

Die Tüte raschelte wieder, das Popcorn quietschte auf ihren Zähnen. Sie schwieg, und ich wusste nicht weiter. Ich malte mit dem Finger die Muster im Holz nach.

– Kann ich dich sehen?

Die Tür öffnete sich einen Spaltbreit, sie blinzelte mich an.

– Du kannst doch nicht ewig dadrin bleiben.

– Das sagt mein Vater auch.

Sie redete mit vollem Mund.

– Er denkt oft darüber nach.

– Und?

– Er weiß noch nicht weiter.

– Du sprichst besser deutsch.

– Ich lerne es auswendig wie den Himmel.
– Sterne, die eigentlich Sonnen sind.
– Genau.
– KOSMOS.
– Haargenau.
– Er ist nicht zu Ende erforscht, sagt der Lehrer. Du kannst ihn nicht auswendig lernen.
Mili musterte mich. Sie knüllte die leere Packung zusammen und stieß die Tür auf.
– Hast du mit jemandem geredet?
– Nein, gar nicht.
Ich nahm ihr die leere Packung aus der Hand und steckte sie in die Tasche. Dass Tat und Schneewittchen Bescheid wussten, konnte ich ihr unmöglich sagen. Ich klaubte Popcornkrümel zusammen.
– Du hast mit dem Lehrer geredet.
– Hab ich nicht. In der Schule ist der Himmel Thema.
Das war nicht gelogen. Der Lehrer hatte eine riesige blaue Karte aufgerollt mit Sternbildern. Vor Weihnachten hätten wir einen Luchs am Himmel sehen können, an Neujahr einen großen Hund, dann ein Einhorn und bald darauf einen Schiffskompass, den allerdings nur mit viel Mühe. Den Drachen und den Großen Bären könnten wir immer sehen, hatte der Lehrer gesagt, immer, wenn wir wollten.
– Du hast doch keine Ahnung.
– Hab ich doch. Außerdem, sagte ich, gibt's Sonnen längst elektrisch.
– Du lügst.

– Tu ich nicht.

– Tust du doch.

– Wir haben aber eine. In leuchtend Orange.

Mili fauchte, das ist Quatsch, und ich antwortete, dass es die Wahrheit ist, dass sich meine Mutter in der Elektrosonne mindestens einmal die Woche verbrennt und dann fünf Tage krebsrot ist im Gesicht und zwei Tage eine gute Farbe hat, auch ganz ohne Himmel, und sie brüllte:

– Das glaub ich nicht.

– Und wenn schon, brüllte ich zurück, ich hole sie, ich zeig sie dir, du musst sogar eine Brille aufsetzen, du kriegst einen Sonnenbrand wie in den Bergen, original Schweizer Sonne wie im April vor dem Haus vom strengen Onkel Curdin, sagt mein Vater. Sogar er setzt sich davor, wenn er Heimweh hat.

Wir waren froh um jeden, der nicht wusste, dass ich aus dem Heim war und meine Eltern kinderlos, ich ein Bastard und meine Eltern naiv, ich ohne Stammbaum und mit einer Menge Akten, sie verzweifelt und ich ein hoffnungsloser Fall, unser Verhältnis in jedem Fall ein ziemliches Ding war und vor allem eins: eine einzige Tragödie. Tante Joujou hatte dafür gesorgt, dass alle bis in die Churfirsten und nach Frankreich Bescheid wussten und die ganze Stadt zumindest einen Schimmer davon hatte.

Mili hörte nicht auf zu glotzen.

– Was ist jetzt? Ich will sie sehen.

– Kannst du haben.

Ich knallte die Tür hinter mir zu und rannte in den Keller, die sollte sich wundern. Ich nahm alle Kabel mit, die ich finden konnte, klemmte die Höhensonne unter den Arm, nahm zwei Tritte auf einmal, schoss in die Wohnung und ins Schlafzimmer, zog die Vorhänge zu und pflanzte die Höhensonne vor ihr auf. Ich steckte die Kabel zusammen, klappte den Kasten auf, und Mili zuckte mit den Achseln, maulte:

– Groß ist sie nicht.

– Schon, sagte ich, aber sie macht alles violett.

Ich kippte den Schalter um. Sie nahm Tonis Sonnenbrille vom Nachttisch und setzte sie auf, wir setzten uns davor, das Zimmer war violett, ich blinzelte, sagte, mach die Augen zu, ich zog das Gummiband mit der roten Brille über den Kopf, und als wir die Augen schlossen, war es letzter April und wir saßen beim strengen Onkel Curdin vor dem Haus, nur diesmal zu zweit, während mein Vater und er sich in der Küche unterhielten und ich beim bloßen Gedanken daran wieder einen heißen Kopf bekam.

Onkel Curdin nimmt meinen Vater ins Gebet.

– Weshalb hast du eine Frau nach Hause gebracht, die keine Kinder haben kann?

– Wir haben ein Kind.

– Ach was, einen Fremdling habt ihr.

– Ach ja? Und die Leute, die du im Krieg versteckt hast wie Kartoffelsäcke?

Onkel Curdins Zigarrenrauch kriecht zu uns heraus

und kitzelt mich in der Nase. Ich höre ihn auf und ab gehen, und Onkel Curdin sagt:

– Das ist lange her.

– Ich erinnere mich aber.

– Du weißt davon?

– Natürlich weiß ich es. Für wie blöd hast du uns gehalten? Die haben schließlich hier gewohnt.

– Ja, aber habe ihnen nicht meinen Namen gegeben.

Keine Ahnung, wie lange wir bei Onkel Curdin in der Sonne gesessen hatten, als Mili und ich die Türen gehen hörten und meine Mutter sagte, dass sie die Nase endgültig voll hat davon, sich bei jedem Wetter draußen herumzutreiben, dass sie der Sache jetzt mal auf den Grund gehen will. Dann ging die Tür auf, sie stolperte mit Toni ins Zimmer, fiel über die Kabel und japste:

– Was ist das hier?

Toni stöhnte, und ich brachte kein Wort heraus. Dann war es eine Weile still, bis meine Mutter auf die Höhensonne zeigte.

– Ist das meine?

Mili nahm die riesige Sonnenbrille ab.

– Wer ist das?

Ihr nicht zu antworten, wie die andern es taten, war keine gute Idee. Ich nahm all meinen Mut zusammen.

– Sie ist eine Überfremdung, Toni muss sie geheim halten. Sie ist aber nett.

– Sie ist meine Tochter.

– Du verschweigst mir deine Tochter?

– Und sie mag Popcorn, und ihre Lieblingsfarbe ist Grün.

Meine Mutter gab mir eine Ohrfeige, und Toni stellte sich vor den Schrank. Sie zog die Vorhänge auf, gab mir noch eine Ohrfeige, obwohl ich gar nichts gesagt hatte, gab Toni auch gleich eine und sah sich Mili an, die in die Sonne blinzelte. Sie schüttelte den Kopf, sah Toni an, sie hatte alle Farbe verloren und sagte:

– Nicht zu fassen. Einfach nicht zu fassen das alles. Jetzt geht's nicht mehr ohne, jetzt müssen wir reden. Weißt du das?

Die Höhensonne war in hohem Bogen auf die Straße geflogen, mein Vater leistete ganze Arbeit, sogar Tonis Ferienfotos schmiss er aus dem Fenster, sie flatterten vor Oskars Hundehütte, er bellte sie geschlagene zwei Stunden an. Ich setzte mich ins Treppenhaus, bis alles vorbei war, die Blondierte kam vorbei und sagte:

– Oh, là, là!

In der Küche lagen Scherben. Ich sammelte sie ein. Stück für Stück setzte ich zusammen: einen Teller, eine Schüssel, zwei Tassen und mit den Resten etwas, das bunt war und zu nichts zu gebrauchen. Das Glas warf ich weg.

Mein Vater knallte mit den Türen, ich ging meine Mutter suchen und fand sie in meinem Zimmer, weinend über meine Wörterschachteln gebeugt. Alle verstreut, alle ausgeleert; Worthaufen, Zettelberge, Schnipsel, Streifen, Blätter, und jedes, das sie aufhob, ließ sie wieder fallen. Was für ein Durcheinander! Ein Wörtermeer, das raschelt und rauscht, kniehoch steht es in meinem Zimmer.

Mein Vater flüsterte, er bewegte kaum den Mund, er redete am Telefon mit Tat, wollte zu ihm fahren, wollte etwas aufräumen, das er *alte Zöpfe* nannte. Er musste etwas von ihm wissen, weil er mit Onkel Curdin nicht mehr redete, weil er dort nicht mehr hinfuhr, erst nach seinem Tod wollte er wieder hinfahren, auf sein Grab spucken, alles ließ er sich nicht gefallen, auch wenn ihm das Haus fehlte im April.

Mit meiner Mutter redete er auch nicht mehr. Sie musste zu Tante Joujou in die Churfirsten fahren. Fast alle ihre Kleider legte sie in den Koffer, für jede Jahreszeit etwas. Sie warf den Deckel zu, weinte, warf Lakritze, alle ihre Tabletten gegen das Himmelelend und eine frische Unterhose in die Handtasche. Nähzeug. Warf sich aufs Bett, drückte mir eine Packung Kaugummi in die Hand. Weinte, warf mich aus dem Zimmer.

Ich schob mir drei Kaugummis in den Mund. In der Küche öffnete mein Vater ein Bier. Er rief meiner Mutter ein Taxi, ich sah es wegfahren, hörte ihn in der Küche auf und ab gehen. Stillstehen.

– Geh Schneewittchen füttern. Wir fahren.

Im Flur kam uns Toni entgegen. Er wollte sich umdrehen und wieder hinaufgehen, mein Vater ließ alles fallen. Er war fast so wütend wie Naturkatastrophe werden konnte, als er Toni die Faust aufs Auge schlug.

Ich vergaß, meinen Kaugummi zu kauen; zäh und warm blieb er im Mund liegen. Die drei Hunde der Blondierten schlugen hinter der Tür Alarm. Mein Vater schwor flüsternd, er würde Toni nur wegen Milena nicht den Hals umdrehen, er versicherte ihm, dass Eli solche Hemmungen nicht hätte und ihn in irgendein Fundament irgendeiner neuen Einfamiliensiedlung gießen würde, wenn er davon wüsste. Dann warf er ihm den Schlüssel vor die Füße und sagte:

– Gieß die verdammten Blumen, wir fahren zu Tat.

Die Blondierte kam zur Tür heraus, es roch nach Haarspray, die Hunde niesten und tänzelten um uns herum, mein Vater hätte gern auch die Blondierte verdroschen und die Hunde in die Wurstfabrik gegeben, es war ihm anzusehen. Die Blondierte sah es auch, sie sah vor allem das Auge von Toni zuschwellen und entschuldigte sich. Sie sammelte die Hunde ein und schloss leise die Tür, und mein Vater hieß mich, den Kaugummi auszuspucken.

– Wird's bald!

Er klebte ihn bei der Blondierten auf den Spion.

Er und Toni saßen auf der Treppe nebeneinander, das Licht ging an, es ging aus, es ging wieder an, es flackerte. Wenn Toni stöhnte, während er seinen Kopf hielt, gab ihm mein Vater eine Kopfnuss und nannte ihn abwechslungsweise einen Hurenbock und ein Arschloch, und als Toni einmal etwas sagen wollte, ging er noch einmal auf ihn los. Sie stolperten durchs Treppenhaus, rissen die Makramee-Eulen von den Wänden, verstreuten die

Trockenblumen der aufgehängten Gestecke, sie bewarfen sich mit Schuhen, Stiefeln, Schlappen und staubigen Fußmatten, kugelten die Treppe hinunter, und schließlich trat mein Vater gegen Tonis Briefkasten, bis er herunterfiel.

Ich schlich mich ins Auto, es war kalt, ich zog meinem Teddybär eine Strickjacke über, setzte ihm die dickste Mütze auf, die ihm meine Mutter gestrickt hatte, wartete und schlief ein.

Als mein Vater endlich kam, war es beinahe dunkel. Der Ärmel seiner Jacke fehlte.

– Schläfst du? Tut mir leid. Ich musste noch die Schule anrufen. Du bist krank, klar?

Die Haare voller Heu, fuhr er die Strecke zu Tat in Rekordzeit. Viermal musste er haltmachen. Einmal wegen der Polizei, das zweite Mal, weil er danach kein Geld mehr hatte, und die andern beiden Male, weil ich kotzte. Er sah dabei ins Rauschen der Kiefern und trommelte mit den Fingern aufs Autodach.

Tats Schlafzimmer war voller Fliegen. Sie kamen aus dem Kuhstall der Nachbarin, um ihn zu besuchen, summten um seinen Kopf und fanden nicht mehr zurück. Er zerkrümelte sie, wenn sie müde wurden und herunterfielen, er wischte die Krümel von der Bettdecke, fragte sich, woher der Ruß kam, wo das Schlafzimmer doch ungeheizt war. Er bat um Milch mit Honig und die Strickjacke.

Mein Vater wollte die Geschichte hören mit dem

Ehepaar, das bei Onkel Curdin während des Krieges gewohnt hatte, die ganze Geschichte. Er wollte es genau wissen, das Davor und das Danach, wie der Rhein floss, wie viel Wasser stand, wie die Nächte waren am Rhein, damals, als Tat die Nächte verschwieg und ganze Tage dazu.

– Zeigst du uns Fotos?

– Sei still.

– Lass sie. – Es gibt keine Fotos aus der Zeit, was denkst du denn, es war immer Nacht, in der ganzen Schweiz war Nacht, sagte Tat, auch tagsüber, eigentlich mag ich gar nicht darüber reden.

– Warum nicht?

– Damit kann man auch heute keinen Blumentopf gewinnen. Schau sie dir doch an, wollen die Schweiz sauber halten von allem, was von außen kommt. Wenn du aber schon da bist, könntest du mir zwei Uhren reparieren, sie liegen in der Küche. Hol sie her.

Mein Vater seufzte.

– Aber du hast doch welche, die gehen.

– Aber die in der Küche gehen nicht. Ich brauche sie.

– Wie geht's deinen Beinen?

– Wunderbar. Sie tun beide weh.

Tat war müde, obwohl er gut schlief, auch mal tagsüber. Seit Tagen schweigt die Tatta, sagte er, sie quengelte nicht mehr, lag ihm mit dem Jordan nicht mehr in den Ohren. Sie ließ ihn schlafen, ließ ihn in Ruhe sitzen; im Garten zog Tat schon mal wieder ein Bein aus, sah den Krokussen beim Wachsen zu und rieb sich den Stumpf.

Tat hatte auf die Grenze am Rhein aufgepasst. Das war sein Beruf. Der Rhein war nicht dicht, nicht sein alter Arm, wie er sagte, nicht im Krieg, den Herr Hitler angezettelt hatte; den Krieg, in den auch meine Mutter und ganz Frankreich verwickelt waren. Die Schweiz hatte Angst, dass sie auch verwickelt wird, sie hielt sich raus und hätte gern gar nichts hereingelassen, das nicht aus Gold war, sagte Tat.

Was nachts herüberwatete und -schwamm, war allerdings schon vor dem Krieg nicht aus Gold, sagte er, es war nass, es schnaufte, es fror, es zitterte, es rief nach der Mutter oder dem Sohn oder der Frau, man musste ihnen den Mund zuhalten, wenn einer fehlte, und manchmal kamen sie auch allein. Die sagten nichts, blieben tagelang stumm, aßen kaum und ließen alles mit sich geschehen, nur umkehren wollten sie nicht. Die meisten von ihnen waren Menschen namens *Juden*. Wenn sie in der Schweiz angekommen waren, nannte Tat sie *Flüchtlinge*. Als Herr Hitler später anfing, sie in ganz Europa einzusammeln und sich herumsprach, dass er es tat, um sie zu töten und um ihnen die Goldzähne zu ziehen, versuchten sie erst recht, bei Tat über die Grenze zu kommen, und er konnte nicht nein sagen.

– Was hätte ich sonst tun sollen? Ich schaute weg, wenn ich sie in der Lustenau aufgabelte, oder zog sie aus dem Wasser, wenn sie sich verlaufen hatten beim Schmitter, bei der Badeanstalt oder wenn sie durchs Rohr kamen. Eine Nacht konnten sie bei uns bleiben, die Tatta gab ihnen trockene Kleider und Polenta, in der nächsten Nacht brachte ich sie zu Onkel Curdin, der hatte ein Haus und, im Gegensatz zu mir, keine Familie.

– Ja, Onkel Curdin besuchte schon damals niemand vom Dorf freiwillig, sagte mein Vater, weil er so schnell wütend werden konnte.

– Curdin behielt die Leute, bis sie weiterkonnten, nach St. Gallen oder Zürich. Meist wollten sie gleich weiter. Frag mich nicht, wie sie das anstellten, keine Ahnung. – Sei vorsichtig mit dem Glas. Es ist alt.

– Lass mich einfach machen.

Tat lehnte sich zurück. Das Glas in der Fassung klirrte, als mein Vater es wieder schloss, um die Uhr umzudrehen.

– Wann machst du Kaffee?

– Wenn ich mit den Uhren fertig bin. Erzähl weiter.

Anfangs war es nicht schwierig, Flüchtling zu werden, erzählte Tat. Aber schon bald verbot es die Schweiz, weil sie unzufrieden war, dass Österreich die Juden ausnahm und sie dann Hals über Kopf in die Schweiz stolperten, egal bei welchem Wetter, mit kleinen Koffern und leeren Taschen.

– Ich möchte jetzt wirklich einen Kaffee haben.

Mein Vater warf Schraubenzieher und Pinzette auf das Tischchen und ging in die Küche. Tat rief ihm hinterher:

– Mit viel Milch! Du musst sie warm machen. Und drei Stück Zucker!

– Erzähl weiter.

– Keiner braucht übrigens zu glauben, dass Reisen in die Schweiz gratis war. Manche verdienten hier ordentlich damit. Die Nazis hatten ihnen schon fast alles abgenommen, die Schlepper nahmen den Rest. Ich weiß nicht, was Curdin verdiente. Wenig war es nicht.

– Was sind *Nazis*? Und *Schlepper*?

Mein Vater kam mit der Kaffeemühle ins Zimmer, als Tat gerade Luft holte, um mir die *Nazis* zu erklären.

– Und du? Hast du eigentlich auch verdient an ihnen?

– Sag schon, was sind *Nazis*? Und *Schlepper*?

Tat antwortete nicht. Auch er kannte den Zustand, den er meiner Mutter gern nachsagte: die Blanke-Nerven-Phase. Das konnte man an seinen zwei Farben im Gesicht sehen. Sein Kopf war rot, die Nase weiss und er kaute an seinem Schnurrbart.

– Ich erzähl's nur einmal.

– Auch bloß, wie's dir passt.

– Du erinnerst dich an die ›Sonne‹?

– An das Restaurant?

– Wenn sie noch welches hatten, zählten sie dort ihr letztes Geld. Anfangs kamen sie mit ihren Familien, dann in Paaren, später kamen Kinder nach, drei Monate später, vielleicht vier. Die, die es schon hierher geschafft hatten, weckten uns nachts wegen ihrer Verwandtschaft, die sich seit Tagen am andern Ufer herumdrückte. Eltern kamen nach, ein Onkel, Tanten. Dann weckte uns niemand mehr, wir wurden von selber wach. Sie kamen immer versprengter, immer hungriger, mit Augen wie Mondseen, sage ich dir, nie hatten sie Papiere, und nur noch selten hatten sie Fotos dabei oder Pläne, wo es am einfachsten war, herüberzukommen, gleich beim Schmitter, das Wasser nur knöcheltief, die Steine glatt wie geöltes Holz, sagte Tat. Oder beim Strandbad. Wir holten sie auf der andern Seite. Es wurde doch immer gefährlicher, die Deutschen wussten das ja auch, und die Tatta machte mir die Hölle heiß, schließlich waren wir dreizehn am Tisch. Aber was hätten wir machen sollen? – sie zurückschicken? Wohin denn? Und dann Reden schwingen in der »Sonne« wie der Dachdecker oder der Schuhmacher, die den Nazis gern in den Arsch gekrochen wären und sich schon als Gauleiter sahen?

Ob *Nazis*, *Schlepper* und *Gauleiter* auch *Flüchtlinge* waren, die nachkommen wollten? Ich traute mich nicht zu fragen. Tat fluchte und spuckte beim Reden, sein Gebiss saß nicht sehr fest.

– Huora cac! So eine Saubande! Die Tatta wollte sie auch nicht gehen lassen, bis sie ihnen die Hosen geflickt hatte. Aber dann mussten sie zu Onkel Curdin. Hatte Onkel Curdin keinen Platz, gingen sie über die Felder, um irgendwo irgendjemanden zu treffen, ich sah ihnen nach. Die machen mir noch heute zu schaffen, gehen durch die Träume, verschwinden und kommen in der nächsten Nacht wieder. Ich wollte ihre Namen nie wissen, jetzt wüsste ich sie gern. Manche halfen anfangs in den Erbsen, obwohl auch das verboten war.

– Wann war anfangs?

– Sommer 38.

– Ich erinnere mich kaum.

– Du warst ein Kind. Drachen steigen lassen war wichtiger. Was ist jetzt mit dem Kaffee?

– Er ist gleich so weit.

– Mein Mund ist trocken.

– Ich sagte: Ich bin gleich so weit.

Tat klopfte mit dem Stock ungeduldig auf den Boden, bis mein Vater den Kaffee brachte.

– Es gibt noch Kekse. Beim Herd.

– Die sind schimmlig.

– Sicher?

– Sie sind grau!

– Meinetwegen. Setz dich wieder und hör mir zu.

– Du wolltest Kaffee haben.

Tat schlürfte langsam aus der Untertasse.

– Es ist zu viel Milch drin. Kann ich noch ein Stück Zucker haben?

– Es sind drei Würfel drin.

– Aber es ist zu viel Milch drin. Dann brauche ich mehr Zucker.

Mein Vater sah mich an.

– Tat will noch Zucker.

Ich ging auf Zehenspitzen in die Küche, um nichts zu verpassen. Der Zucker war ganz oben im Regal, und ich musste einen Stuhl holen. Als ich die Dose endlich in den Fingern hatte, hörte ich Tat fragen:

– Wo war ich?

– Sommer 38.

– Ja. Bald darauf kamen die Soldaten. Es wurde immer gefährlicher, die Leute herüberzukriegen. Viele wollten über die Grenze.

– Die Schweiz war neutral.

– Neutralität: dass ich nicht lache! Profitabel musste die schon sein. Scheiße ist das!

– Ich bitte dich, die Kleine –

– Ach was, Grünschnabel ist alt genug, um das zu hören.

– So? Und wir waren es nicht? Du hättest uns sagen können, was ihr da getrieben habt.

– Bist du verrückt? Du kennst doch die Liste mit den Erschießungsbefehlen. Unser Schuhmacher, der sich schon als Gauleiter sah –

– Jaja, sagtest du bereits.

– Ja, sagte ich. Falls es nämlich etwas geworden wäre, hätte er uns höchstpersönlich erschossen. Curdin, mich und noch ein paar andere – man stelle sich vor: Der Schuhmacher hätte mich erschossen. Ich weiß nicht mal, ob der noch lebt.

– Du hast da was hängen.

– Wo?

– Im Schnauzer. Kaffeeschaum.

Tat wischte sich sein ganzes Gesicht ab.

– Ist noch Kaffee da?

Wieder sah mich mein Vater an.

– Tat möchte noch Kaffee haben.

– Mit vier Stück Zucker. Weißt du, nur ein einziges

Mal kam einer aus Bern, um zuzuhören, was die Leute von drüben zu berichten hatten – erzählt man sich wenigstens – ich bin sicher, die, die er zu Gesicht bekam, hatten wir schon gewaschen und gefüttert, wir hatten sie schlafen lassen, und sie hatten schon die ersten Briefe geschrieben. Nach Amerika. Weshalb fragst du mich das eigentlich alles? Weshalb willst du das jetzt wissen?

Tat schnallte ein Bein ab und kratzte sich am Stumpf. Ich konnte es nicht bleiben lassen, ihn wenigstens danach zu fragen:

– Hatten alle *Flüchtlinge* Zähne aus Gold?

– Nein.

Mein Vater hob die Hand, Tat hielt ihn fest.

– Ein Ehepaar blieb länger bei Onkel Curdin.

– Weiß ich doch.

– Er war Arzt aus Wien, sie kam ursprünglich aus Paris. Wir nannten sie Madame und Monsieur, und sie luden uns zu Pastete ins Hinterzimmer ein, ich weiß nicht, wie lange Madame dafür Lebensmittel zurückgelegt hatte, die sie sich bei der Tatta ausgeborgt hatte – ausgeborgt – in den Zeiten. – Ich habe nie zuvor und nie danach eine solche Pastete gegessen. Du etwa?

– Ich war nicht da.

– Warst du nicht? Ach, ich dachte – von Monsieur habe ich das Rezept für Schnitzel. Das Original. Vom Kalb. Nach dem Krieg habe ich sie nach seinem Rezept gemacht, nicht die Tatta: ich. Vorher redeten wir nur davon. Monsieur erzählte von der Panierung, von Mehl, von Eiern und Paniermehl, vom Ausbacken und diesem

Geruch, den er so beschreiben konnte, dass er mir in die Nase stieg, während wir im Mais vom Ried warteten, um welche in Empfang zu nehmen.

– Im Ried über der Grenze?

– Natürlich: Der gehörte zu uns, dieser Flecken Land über der Grenze. Daran hat auch der Krieg nichts geändert. Ich habe dir beigebracht, wie man Schnitzel macht.

– Ich weiß.

– Machst du noch welche?

– Zu besonderen Gelegenheiten.

Mein Vater legte den Schraubenzieher weg und klappte das Glas der Uhr zu.

– Das hätten wir. Die könnten wieder ein Rennen laufen.

Er zog beide Uhren auf, und ging mit ihnen in die Küche. Als nacheinander alle vier Kuckucke schrien, hörte ich ihn sagen: ›perfekt‹. Tat war weit weg, schien über etwas nachzudenken. Dann sah er mich lange an.

– Er weiß es?

Ich nickte.

– Und? Was hat er vor?

Tat neigte den Kopf, wie immer, wenn etwas zu leise war für seine Ohren und er es nicht hören konnte, obwohl er sich alle Mühe gab.

Das Ohr fest auf zwei Kissen gedrückt, liege ich im Bett. Der Schlaf will nicht kommen. Auch mein Vater findet keinen. Er macht Licht. Aller Schlaf ist bei Tat. Er redet im Traum mit der Tatta. Mit Sepp.

Wir warten. Mein Vater kennt den Schlaf in vielen Sprachen.

– Auch in Surselvisch?

– La sien.

Ich denke an Eli. Mein Vater sieht mich fragend an.

Er kommt bestimmt, der Schlaf.

– El sueño.

– DIE BLONDIERTE HAT AUCH Zähne aus Gold.

– Sie hat sie in die Ehe mitgebracht.

– Hatte sie vorher keine Zähne?

– Doch, aber keine aus Gold. Sie sind ihre Mitgift. Ihr Vater hat sie machen lassen.

– Was ist *Mitgift*?

– So etwas wie ein Einkommen.

– Lässt du mir auch Zähne aus Gold machen?

– Nein.

– Aber ich brauche auch ein Einkommen.

– Dabei wird dir die Schule helfen.

– Ich krieg welche von der Schule?

– Gewissermaßen.

– Werden uns die Deutschen auch die Zähne ziehen, wenn wir tot sind?

– Nein. So schnell ziehen die keinem mehr die Zähne.

– Hast du keine Angst vor ihnen?

– Nein. Nicht mehr.

– Hast du nie wieder Angst gehabt?

– Doch.

– Hast du jetzt welche?

– Ja, jeden Tag.

– Wovor?

– Dass ich nicht die Kraft habe.
– Wozu?
– So einfach zu fragen wie Tat.
– Wann?
– Bei den wichtigsten Dingen.

– ES IST KALT.

– Dann wart doch im Wagen.

Mein Vater kam hinter dem Busch hervor und zog den Reißverschluss seiner Hose hoch. Er schaute eine Weile auf den See hinaus. Ich drehte ihm den Rücken zu und sah an den Berg hinauf.

– Ich mag nicht hinfahren.

– Wir sind doch schon fast da.

– Trotzdem.

– Tat kommt alleine zurecht. Wir holen deine Mutter ab.

– Trotzdem.

– Und weshalb nicht?

– Die mögen mich nicht.

– Die werden dich über kurz oder lang schon mögen.

Hätte er meine Mutter nicht weggeschickt, würden wir nicht hinfahren müssen, um sie wieder abzuholen. In dieses Dorf. Am See.

Die Berge standen wie Backenzähne in den Himmel. Das Dorf konnte nirgendwohin wachsen. Entweder es stieß an die Wand oder es fiel in den See. Ein See wie eine Kerbe in der Landschaft, sagte mein Vater, angefüllt mit Wasser und mit Fischen drin, die so alt sind und so schlau wie Tat und Konfuzius gemeinsam. Nicht einmal eine Straße führte hin, man musste das Schiff nehmen.

Tante Joujou war stolz auf das Wasser, seine Farbe, auf die nahen Berge im Rücken, ihr schuppiges Haus, das am Hang klebte, und auf den Wein, der dort wuchs, fast wie in Frankreich.

Tat mochte den See nicht, die Berge nicht, es waren nicht seine, und Wasser, das stillsteht, fand er langweilig. Vom Wind bekam er Kopfweh, er nannte den Wind einen SMALADIU GIAVEL, einen verdammten Teufel, ein Wort, das im Lexikon der guten Gründe ganze Seiten füllte.

Tante Joujous Haus sah auf den See hinaus, die Sonne brannte ihm den ganzen Tag ins Gesicht. Damit es die Augen nicht zusammenkneifen musste, hatte man ihm gleich kleine Fenster gemacht, vor denen meine Tante rote Blumen zog, welche die schönsten im Dorf waren. Ich schrieb auf: *Geranien* und legte sie zu PHILODENDRON, OSTERGLOCKE/NARZISSE, SCHLÜSSELBLUME, GÄNSEBLÜMCHEN, TAGETES, ASTER, WEISSDORN, SCHLEHDORN, KASTANIE, ROSSKASTANIE, TANNE, FICHTE, ZEDER, SCHWARZÄUGIGE SUSANNE, ERDBEERE, ROSMARIN, SALBEI und PFLAUMENBAUM.

Tante Joujou hatte mit den Wörterschachteln noch nie etwas anfangen können. Sie wühlte darin und fragte:

– Warum macht sie das? Reicht der Kopf nicht aus?

– Und wozu hast du eine Bibel? Glaubst nicht ohne?

Sie knurrten einander an, jeder andere wäre aus dem

Haus gerannt, aber wir kannten das schon von Onkel Curdin, der von Tante Joujou noch etwas hätte lernen können, wenn es darum ging, andere Leute in Sekundenschnelle fürs Leben zu beleidigen.

Sie wischte sich die Hände an der Schürze ab, schnauzte, na gut, riss mir die Schachtel BLUMEN aus den Händen und fing an zu sortieren: SCHWARZÄUGIGE SUSANNE, OSTERGLOCKE/NARZISSE, ASTER, TAGETES, GERANIE.

– Mach es wenigstens richtig. *Gartenblumen* und *Wilde Blumen*. *Laub-* und *Nadelbäume*. So geht das.

– Warum hat das Haus Schuppen? Muss es schwimmen?

– Wo denkst du hin. Das nennt sich *Schindeln*. Schreib.

Tante Joujou leckte sich die Finger und zählte die Wörterzettel wie meine Mutter Tats Ersparnisse aus der Blechdose. Ich schrieb *Schindeln* und dachte SCHUPPEN. Immer wieder bekam der See bei Sturm Lust, die Trauben mitsamt den Stöcken vom Hang zu lecken, den Berg hinaufzusteigen, das Gras wegzuschwemmen, einen Steg, ein Haus. Tante Joujou legte sich ins Zeug, wenn die Rede auf Stürme kam, Stürme waren ihr Metier, besonders *Föhnstürme* und ganz besonders *Walenseeföhnstürme*.

– Er kann richtig wild werden, der Walensee. Föhn ist hier selten, wenn er aber aufkommt, schlägt er alles. Er trägt dem See ganze Bäume zu. Die Touristen bekommen Gänsehaut von den großen Wurzeln, die aus dem Wasser ragen, sie bekommen Gänsehaut vom Wind, der das Schiff über den See jagt, und sie bekommen Gänsehaut von der Geschichte, dass nämlich hier und nirgends sonst in der Schweiz ein Dampfschiff untergegangen ist, abgesoffen mit Mann und Maus, das Ufer von Wellenbergen verschluckt und über den Wellenbergen die Churfirsten, von Wolkenbergen verschluckt, kein Steg, kein Holz, nur wütendes Wasser und ein zischender Kahn, ein heulender Sturm, seither ist den Touristen mulmig auf der Überfahrt. Schon wenn ein Lüftchen geht, wird ihnen mulmig – zu Recht – und sie sind froh, wenn sie den Fuß hier an Land haben oder wieder drüben, auf der andern Seite, wo sie am Sonntag die Straße verstopfen. Ja, der Wind kann hier bloß spielen, und plötzlich sticht ihn der Hafer, und der See beginnt anders zu riechen, riecht nach Tang, nach Fisch, als würde er alle Fenster aufreißen, bevor er anfängt zu kochen.

Tante Joujou war fertig mit dem Zählen der Wörter, die ich mitgebracht hatte. Saubere Häufchen, nach Größe geordnet, mit einem Gummi drum.

– Voilà! Und jetzt mach ich den Saibling in Folie. Frisch aus dem See. Deine Eltern werden hinausfahren und wohl noch das eine oder andere zu besprechen haben. Du kannst mir helfen mit dem Fisch.

Der See ist nicht warm, er ist nicht freundlich, das ist er auch im Sommer nie. Dazu ist er zu unruhig, sagte mein Vater. Auch Tante Joujous Verwandte waren unruhig und unfreundlich. Sie hatten Blicke, von denen man kalte Füße kriegte und feuchte Hände. Tat sagte, dass die gleich bleibende Kälte und Scheißlaune des Sees sich auf die Leute überträgt.

– Und wenn ich so darüber nachdenke, hatte Tat grinsend gesagt, das hat Seele. Schreib mir eine Postkarte von dort.

Meine Mutter war seeunruhig und mein Vater auch, sie waren durch die Kerbe der Landschaft gefahren, hatten das Wasser darin gegen den Strich gebürstet, mit dem kleinen Schiff, mit dem Nauen des Onkels, dem Nachen des Vetters oder dem Boot der Tante; sie hatten sich vom Wasser anstecken lassen, am Wasser kommt hier keiner vorbei, Tat hat recht, alle werden wie der See, so saßen sie am Tisch. Wellen und Licht leckten die Decke, kühl und grün, und während das schuppige Haus in der Wärme zirpte, hatten sie bestimmt das eine oder andere besprochen, so wie sie jetzt schwiegen.

Tante Joujou öffnete die Fenster, meine Mutter rieb sich die Schläfen.

– Der Föhn hält nicht. Er bricht zusammen. Ihr müsst bleiben.

Lieber Tat

Warum ich nicht gern Postkarten schreibe: Meine Buchstaben haben keinen Platz, von Wörtern ganz zu schweigen. Im Lexikon der guten Gründe gibt es seit heute einen weiteren Grund gegen Postkarten. Der

Wind hat den Kiosk in den See getragen, die Onkel fischen Postkarten, und die Fische lesen die Zeitung von gestern, kauen Kaugummi. Es ist alles voller Wasser: Der See ist übergegangen letzte Nacht, und wir bleiben einen Tag länger, obwohl das Schiff heute näher zum Haus fahren könnte, und vielleicht verstecken sich die Fische vor den Fischern Kaugummi kauend drüben auf dem Parkplatz unter dem Toyota. Sie sind hier so schlau wie Konfuzius und du gemeinsam.

Mein Vater muss nachdenken. Meine Mutter sagt, bloß nicht zu lange, weil ich ihnen sonst in letzter Minute flöten gehe. Ruth und Walter investieren Kinder bloß in ganze Ehen, nicht in kaputte, das hatte auch die Chefin gesagt. Und Eli. Ich will nicht flöten gehen. Notfalls gehe ich zu Onkel Curdin. Von Elis Freunden kann mich keiner zu sich nehmen, sie arbeiten so schon schwarz genug.

Tante Joujou hat nur eine einzige Uhr, und manchmal vergisst sie sogar, die aufzuziehen. Sie muss ein extra Zeitgeheimnis haben, irgendwo in den Churfirsten aufbewahrt, auch die voller Wasser, im Frühjahr schwitzen sie es aus. Ich habe Fotos gesehen mit gezackten Rändern, gezackt wie die Churfirsten, die Onkel hängen sich dort an Seilen in den Fels, wenn sie nicht fischen oder mit Kies herumfahren auf dem See.

Der See ist ein SMALADIU GIAVEL.

Auch ich habe nachgedacht.

Wer alles eine Seele hat:
Die Chefin.
Der Hund der Chefin.
Helene und alles, was sie kochte.
Meine Mutter.
Mein Vater.
Toni, auch wenn das mein Vater nicht glauben kann.
Milena.
Eli.
Sein Name: Eliseo Álvaro Manuel Raúl Caballero Pardo.
Seine Flüche.
Brombeeren vom Flussufer.
Die Blondierte.
Du.
Papierschiffe.
Die Tatta, die nur noch Seele ist,
wie Sepp,
wie Vogel
und die Nachbarin.
Henry und Silvester.
Dejan und seine Gitarre.
Mirela und ihre Silhouette.
Madame Jelisaweta
und alles Haar, das sie sammelt.
Wie sie es sammelt.
Ihr Onkel Jernej, der jetzt ein Fisch ist,
der viele Fische ist.
Die Fische im Fluss.

Die Fische in allen Flüssen,
in allen Meeren.
Die Fische in allen Seen.
Alle Seen,
außer der Walensee
und die, die darin fischen.

Falte ein Schiff nur für mich.
Grünschnabel

Rauchend standen Tante Joujou und meine Mutter am Steg, wir planschten mit den Gummistiefeln im Wasser, bis das Schiff kam.

Tante Joujou winkte, die Onkel winkten, wir fuhren im Lastkahn. Fische hatten sie uns keine zugesteckt, meine Onkel hatten keine gefangen.

Mein Vater kniete sich hin und schaute unters Auto, trat gegen die Reifen und befühlte den Lack, aber außer einer Schlammkruste bis zur Radnabe, Grasbüscheln auf der Motorhaube und Unmengen Vogelmist auf dem Autodach konnte er nichts finden, das der Sturm angerichtet hatte. Er zupfte Gras von der Motorhaube und ging um den Toyota herum. Während meine Mutter mit einem Taschentuch den Türgriff anfasste, kam er aus dem Kopfschütteln nicht mehr heraus.

– Nicht zu fassen! Sieh dir das an.

Er knallte die Tür zu, startete den Toyota und hörte dem Knurren, Schnarren und Tuckern des Motors ein paar Minuten zu, bevor er losfuhr. Die Wangen so rot wie die Pfirsiche in Tats Garten, sah meine Mutter meinen Vater dabei zu, als würde er grade einen Zaubertrick vorführen. Sie schnippte ihre Zigarette aus dem Fenster. Schon den ganzen Morgen schaute sie so, sie und mein Vater schienen sich prächtig zu amüsieren. Er pfiff und summte, bevor meine Mutter eine Kassette einlegte. Der See warf sein Blau auf die nassen Felswände, sie tropften, das Wasser rann aus dem Fels auf die Straße.

Eine Straßenbiegung schluckte den See; weg war das Blau, fort. Sonne schien uns ins Gesicht, und mein Vater sagte:

– Ich versteh nicht, weshalb die den Saibling in Folie dünsten. Mit Kerbelbutter muss man ihn machen. Mit einem Hauch geschäumter Kerbelbutter.

Kein Brief von Tat, kein Anruf. Bloß der seiner Nachbarin. Tat hatte sein Telefon aufgesetzt und versucht, damit Kaffee zu kochen, aber sonst, sagte sie, sei alles in Ordnung mit ihm. Er mochte es, in der Sonne zu schlafen, die Katzen wechselten sich ab auf seinem Schoß, und abends musste sie ihn im Garten suchen, es half nicht, ihm böse zu sein. Er lächle sie bloß an, erzählte sie, bitte vorher um seine Zähne und etwas Geduld. Mein Vater war zufrieden.

– Er hält auf sich.

Mein Vater hielt mir den Hörer hin. Die Nachbarin sagte:

– Den Brief von dir trägt er Tag und Nacht bei sich. Warte, ich geb ihn dir.

– Grünschnabel, bist du's?

Er verfluchte seinen Kopf, der selbst ein geschmolzenes Telefon trinken würde, und wollte sich daranmachen, die Einkaufsliste für den nächsten Tag zu schreiben. Er schrieb wie eine Schnecke, alle Einkaufslisten für die Nachbarin fing er am Vortag an, um damit fertig zu sein, wenn sie kam.

Das Ohr fest aufs Kissen gedrückt, liege ich im Bett. Die Wände knacken und klopfen, die Scheiben klirren, summen, das Zimmer zittert von einem Lastwagen, während sich Wörter im Kopf einrollen, warm werden und durch den Boden, durch die Böden fallen, in den Schnee hinter Tats Haus, wo Vogel sitzt und singt. Ich blinzle. Tat macht mit dem Haus Kaffee, es beginnt, nach geschmorten Äpfeln zu riechen, während er im Garten schläft, der Keller steht schon in Flammen, und die Nachbarin muss die Einkaufstaschen fallen lassen, sie trifft fast der Schlag, sie hält den brandschwarzen, glücklichen Tat im Arm, der ihr unbedingt einen Apfel schenken will, frisch geschmort und süß; aller Welt will er Äpfel schenken und der Nachbarin noch einen Kuss. Es ist einer von vielen. Sie machen Licht und Feuer, helle Sterne, Funken. Sie machen die Nacht zum Tag.

Er kam ganz unbemerkt, der Schlaf, el sueño.

Wir fahren nachts, tragen Pyjamas und Wolljacken im Auto. Mein Vater schweigt. Er steigt kariert aus dem Toyota, meine Mutter gestreift, die Nachbarin steht geblümt da, auch sie kommt aus dem Bett. Einzig Tat liegt auf seiner Couch, als wollte er noch einmal heiraten. Alle Uhren stehen still. Auf dem Fensterbrett liegen fünf Briefe, jeder mit Tinte beschriftet. Mein Vater liest vor:

– Nachbarin, Sohn, Grünschnabel, Schwiegertochter, Die anderen, Versicherung.

Blass steht die Nachbarin vor meinem Vater; sie ist müde, die schwarzen Augen suchen die Küche ab. Dankbar nimmt sie das Taschentuch meines Vaters an. Er weint, meine Mutter weint, blind kramen sie in ihren Taschen nach weiteren Taschentüchern. Keiner hat daran gedacht, welche mitzunehmen, und meine Mutter reicht ihm eine frische Unterhose aus ihrer Handtasche, er reißt sie in Stücke.

– Für unterwegs. Man weiß ja nie.

Die Nachbarin nickt verständnisvoll und schluchzt. Alle schluchzen, sie seufzen, sie gehen Kaffee kochen, rühren darin herum, bis der Kaffee kalt ist, mein Vater wirft weinend wieder etwas aus dem Fenster, das schon lange weg gehört, er berührt die Briefe auf dem Fensterbrett und setzt sich wieder an den Tisch. Die Tür geht, Wind weht herein, Milchschwaden und Käseduft, der Geruch nasser Schafe. Onkel Curdin kommt, keiner weiß, woher, woher er es weiß, dass Tat gestorben ist, kann auch keiner sagen. Welche aus dem Dorf kommen, klopfen sich den Dreck von den Schuhen und setzen sich dazu. Ein Klingeln von Tassen und Löffeln. Keiner will eine Uhr aufziehen, das tut man nicht, sagt die Nachbarin.

– Legt Holz nach.

Der Ofen glüht, das Holz knackt, sie hängen den Kandiszucker an Schnüren in den Kaffee; bernsteinfarbene Ketten, an denen sie lutschen. Durchsichtig, von Sprenkeln durchzogen, so warm wie Tats Augen, die er nun geschlossen hält. Beide Backen voll Kandiszucker, schließe ich die Augen, einen kurzen Moment lang ist alles süß.

Sie zünden Kerzen an. Immer wieder setzt sich einer zu Tat auf die Couch und redet mit ihm, ich muss aufstehen und Platz machen. Meine Mutter ist unruhig. Ihre Hände liegen im Schoß, halten einander fest, die Knöchel sind fast so weiß wie die von Tat.

– So ein Wind! Er wird uns Tat noch vor der Zeit wegtragen.

Mein Vater nimmt den Löffel aus der Tasse.

– Wann ist die richtige Zeit?

– Im Frieden.

Es ist das Erste, was Onkel Curdin sagt. Dann erst

nimmt er den Hut ab und schaut abwechselnd ins Feuer und zu Tat. Die Nachbarin nimmt meine Hand in ihre.

– Noch ist er da.

– Tat ist noch da?

– Natürlich. Aber er wird uns verlassen.

– Wann?

– Bald. Du musst ihm auf Wiedersehen sagen.

Sie geht in den Wind hinaus und kommt wieder, ihr Haar steht in alle Richtungen weg. Sie bringt die mit, die Tat Nonno nennen. Sie küssen bunte Bilder und legen sie auf seinen Anzug, schieben sie in seine Taschen. Jesus in allen Farben, am Kreuz und im Himmel, Maria und das dicke Kind, das Jesus mal war, liegen auf Tats Kragen.

Mein Vater sieht es nicht gern.

– Tat ist nicht mal katholisch. Außerdem hält er das für Mumpitz.

Die Nachbarin sieht ihn an.

– Aber die andern nicht. Es geht jetzt um die andern.

Es ist schon fast Morgen, und die, die ihn Großvater nennen, werden erst am Mittag eintreffen, weil sie nicht so fahren wie mein Vater. Die Churfirsten sind nur auf dem Wasserweg schnell, Frankreich muss sich überhaupt erst sammeln, und Eli wird gar nicht kommen. Die Sonne geht auf, während die Blondierte dreimal anruft und immer meine Mutter verlangt, sie steht zu Hause vor unserem Kleiderschrank, soll Kleider mitbringen und Madame Jelisaweta. Tat braucht noch einmal eine Frisur und den besten Slibowitz.

Ich brauche Tat.

Ich brauche das Lexikon der guten Gründe von vorn bis hinten.

Ich brauche, dass Tat nach mir ruft, und ›Grünschnabel!‹ schreit, dass er seine Hand ausstreckt und zwinkert, die Bernsteinaugen offen hält und flucht, flucht, was das Zeug hält, flucht, dass die Balken sich biegen, die Katzen sich ducken, der Wind aufhört, ja verspricht, die Ziegel zu flicken, die er schon zerbrochen hat, keine Stunde hat er gebraucht dazu. Ich will, dass die Uhren vor Schreck anfangen zu ticken, die Ketten rasseln, die Tannzapfen hüpfen, die Uhren die Stunden aufholen, die sie verschlafen haben. Ich will, dass die Zeiger rennen und die Werke Schmieröl schwitzen, dass ihre Kuckucke in die Zimmer schnurren, die Kuckucke ein ›Kuckuck!‹ aus ihren Schnäbeln spucken und Tat zurück ins Leben; weg von da, wo er jetzt ist, weg.

Ich will alle seine Flüche hören.

Den für den Postboten: Buglia ladg!

Die für die Versicherung: Lumpamenta! Bargada! Bastardaglia!

Die Menschen, deren Namen er vergessen hat, nicht aber, was sie getan haben: Pitoc! Bastard! Carugna! Canaglia! Tgau Pentel!

Die für alles und jede Gelegenheit: Huora cac! Miarda! Grascha putana! Miarda de giat! Zacher Giavel!

Ich möchte ihn riechen.

Apfelgeruch, Wollgeruch, Leder und Haar. Doch Tat ist kalt, der Apfelgeruch verflogen, ich ziehe die Brille aus, um nach ihm zu suchen, aber er ist nicht mehr da, Apfelwolltat ist fort, hat alles mit sich genommen, und selbst was ich brauche, kann ich nicht mehr sehen, im Fallen reiße ich ihm ein Bein aus.

Es ist Slibowitz, der mich weckt, und das Parfüm von Madame Jesliaweta lässt mich wieder schlafen.

Es ist meine Mutter, die mich weckt, und eine Schürze voller Äpfel, die sie neben meinen Kopf legt, lässt mich wieder schlafen.

Es ist mein Vater, der mich weckt und sagt:

– Es ist Zeit.

Die Nachbarin teilt Kaffee aus.

– Wir können nichts mehr für ihn tun.

Mein Vater blinzelt ins Licht.

– Und für Milena?

Ich flüstere es in sein Ohr.

Mein Vater nickt.

Es ist heller Tag, das Haus ein Bienenstock, in dem es summt. Sie reden surselvisch, italienisch, französisch und deutsch, ich lasse Tat nicht aus den Augen, ich will sehen, wenn er uns verlässt.

Epilog

Manchmal setze ich Tats Brille auf und lese seinen Brief. Das Papierschiff schwimmt mir vor Augen, erst recht die Schrift.

Grünschnabel!

Ich muss los. Meide den Jordan eine Weile. Aber sonst fahr zu.

Ewig,

Dein Tat Jon